manual práctico

CANCIONES
RANCHERAS
V. REYES

Distribuye en California U.S.A.
Gaytan News. 2244 Main Street # 12
Chula Vista C.A. 92011
(619) 429-6685

Diseño de portada : Sergio Padilla

©Editores Mexicanos Unidos, S. A.
Luis González Obregón 5-B
C.P. 06020 Tels: 521 88 70 al 74
Miembro de la Cámara Nacional
de la Industria Editorial. Reg. No. 115
La presentación y composición tipográficas
son propiedad de los editores, y fueron
elaboradas en J. Ma. Bustillos 12
Col. Algarín, México 8, D. F.

Con autorización de EMMAC

ISBN 968-15-0379-1

2a. edición, marzo de 1987

2a. reimpresion diciembre de 1989.

Impreso en México
Printed in Mexico

AMANECI EN TUS BRAZOS

(Canción Ranchera en "Sol")

Amanecí otra vez entre tus brazos, y des-
Sol   *2Sol*   *Sol*
perté llorando de alegría; me cobijé la cara con tus
                    2Sol   *Do*
manos, para seguirte amando todavía.
2Sol

Te despertaste tú casi dormida, y me que-
                              Sol
                    2Sol   *Sol*
rías decir no sé qué cosas; pero callé tu boca con
        2Do   *Do*   *Do-*
mis besos, y así pasaron muchas, muchas horas.
Sol   *2Sol*   *Sol*

Cuando llegó la noche, apareció la luna y en-
                    2Re
tró por la ventana; que cosa más bonita, cuando la
        Re   *2Re*
luz del cielo, iluminó tu cara.
                    2Sol

Yo me volví a meter entre tus brazos, tú
                    Sol *2Sol*   *Sol*
me querías decir no sé qué cosas; pero callé tu bo-
            2Do   *Do*   *Do-*
ca con mis...etc...

José Alfredo Jiménez

A LA ORILLA DE UN PALMAR

(Canción Danza en "Sol")

A la orilla de un palmar, yo vide una

Sol
joven bella; su boquita de coral, sus ojitos dos
2Sol   *La-*   *2Sol*

estrellas.

Sol
Al pasar le pregunté, que quién es-
                                    2Do

taba con ella; y me contestó llorando: vivo
    Do   *Do-*   *Sol*

sola en el palmar.
2Re   *2Sol*   *Sol*

Soy huerfanita ¡Ay!, no tengo padre
                2Sol

ni madre; ni un amigo, ¡Ay!, que me venga
  Sol   *2Sol*

a consolar.

Sol
Paso las horas solita, a la sombra del
                             2Do

palmar; y solita voy y vengo, como las olas
Do   *Do-*   *Sol*   *2Re*   *2Sol*

del mar.
    Sol 2Sol Sol   *Manuel M. Ponce*

ARRIBA EL NORTE

(Ranchera Fox en "Sol")

    Vengo de tierras norteñas, sobre mi cuaco
Sol
alazán; a conocer los gallones, que me dicen que
La- 2Sol
hay acá, pa'mí que son habladores y eso les ven-
Sol
go a contar pues para machos el norte ¿quién se
La- 2Sol
los podrá quitar?
Sol
    Yo no traigo pistola ni cuchillo, sólo trai-
Do   *2Sol*
go muy grande el corazón; ¡Arriba el Norte! y a
Sol
ver quién pega el brinco, pa'demostrarles que ten-
2Do   *Do Do- Sol*   *2Sol*
go la razón.
Sol
    Soy mexicano del norte, donde el valor
no es canción; y ese valor lo rubrica nuestra
La- 2Sol
gran Revolución.
Sol
    El que ha nacido en el norte, es no-

ble por tradición; y cuando tiende la mano, la
<small>La- 2Sol</small>
tiende a satisfacción.

<small>Sol</small>
Yo no traigo pistola ni cuchillo...etc...
<small>Do</small>

<small>Sol</small>
Ya estoy aquí valentones, pa' lo que gus-
ten mandar; y traigo muchos calzones, para po-
<small>La- 2Sol</small>
derles prestar.

<small>Sol</small>
Sólo he venido a decirles, y es la puri-
ta verdad; que para machos el norte ¿quién se
<small>La- 2Sol</small>
los podrá quitar?

<small>Sol</small>
Yo no tengo pistola ni cuchillo...etc...
<small>Do</small>

Felipe Bermejo

AMOR DEL ALMA

(Ranchera Vals en "Si")

Por qué me amargas la vida, por qué no en-
Si　　　　*2Si*　　*si*
tiendes mi amor; por qué pensar en traiciones, si so-
2Si
mos un corazón, amor que brota del alma, como éste
si　　　*2Si*　　*Si*　　　*2Mi*
que en mí brotó; tendrá que ser un cariño, que sola-
Mi　　*Mi*　　　　　*Si*
mente lo acabe Dios.
2Fa#　*2Si*　　　*si*

　　　Tú sabes que mi alma, vivió entre tus brazos,
2Si　　　　　　　　　*Si*
la historia de amores que tanto soñé; tú sabes palo-
2Si　　　　　*Si*　*2Mi*
ma que me haces pedazos, si el día de mañana me
Mi　　　*Mi-*　*Si*
pierdes la fe.
2Si　　*Si*

　　　Si alguna vez has llorado, olvida ya tu dolor;
2Si　　*Si*　　　　*2Si*
atrás quedó tu pasado, al frente tienes mi amor, amor
Si
que brota del alma, como éste que ...etc...
2Si　　*Si*　　*2Mi*

José Alfredo Jiménez

ADIOS MI CHAPARRITA

(Canción Ranchera en "Re")

Adiós mi chaparrita, no llores por tu Pan-

Re   2Re   Re
cho; que si se va del rancho, muy pronto volverá, ve-

                     Mi-   2Re   Re
rás que del Bajío, te traigo cosas buenas; y un

              2Re   Re
beso que a tus penas, muy pronto aliviarán.

            2Re   Re

Los moñitos pa' tus trenzas, y pa' tu ma-

                       Sol
macita; un rebozo de bolita, y enaguas de percal,

Re   Mi-   2Re-   Re
¡Uy! ¡Qué caray...!

    2Re   Re

         No llores chula mía, si no me voy tris-

                          2Re
tiando; y quiero irme cantando, que el llanto me

Re   Mi-   2Re-
hace mal, alegres siempre fuimos, y cuando vuelva

   Re   2Re
quiero; que encuentres tu ranchero, tan bueno y retozón,

Re   Mi- 2Re-   2Re   Re
        Y digas que al marcharse por lejos que se fue-

                    Sol   Re
ra llevaba a su ranchera prendidita al corazón.

      2Re   Re   2Re Re

Tata Nacho

AQUEL AMOR

(Ranchera en "Re")

Vals.—   Aquel amor, que marchitó mi vida;
Re
aquel amor, que fue mi perdición; ¿dónde anda-
Sol   2Sol   Re
rá?, la prenda más querida, ¿dónde andará?,aquel,
2Sol   Sol   2Sol
aquel, amor.
Re

Fox.—   Quiera la vida, que el recuerdo de
2Re
mis besos, con amor bendiga; que me consa-
Re   *2Re*
gre, tan siquiera un pedacito de su corazón.

Vals.—   Aquel amor, que marchitó... etc...
Re

Agustín Lara

AL MORIR LA TARDE

(Huapango en "La")

Olor a hierba quemada, olor a establo y a pino;
La-   *2La*   *La-*   *Re-*   *La-*
animales que descansan, y algarabía en el camino, una cam-
2La   *La-*   *Fa*   *2La*   *La*
pana que tañe, un horizonte de fuego; ella de fe llena el ni-
Re   *La*   *2La*
do, y eleva al cielo su ruego. ¡Aaaaaa!
La   *La-*

Tras la montaña lejana, la luna se echa furiosa; y
2La   *La-*   *Re-*   *La-*   *2La*
mientras muere la tarde, la luz se enciende en las chozas,
La-   *Fa*   *2La*
la campiña languidece, se va envolviendo en la calma; el
La   *Re*   *La*   *2La*
viento ya se adormece, tranquilizando las almas.
        La

Las voces del día se escuchan, que van muy lejos
La-   *2La*   *La-*   *Re-*
muy lejos; cual los amores pasados, que siempre nos dejan
La-   *2La*   *La-*   *Fa*
eco, y así se muere la tarde, como se va nuestra vida; se va
2La   *La*   *Re*   *La*   *2La*
envolviendo en la sombra, hasta que queda perdida.
       La   *La-*

Felipe Bermejo

ANILLO DE COMPROMISO

(Ranchera Vals en "Sol")

Anillo de bodas que puse en tu mano, anillo que
Sol   2Sol   Sol
es símbolo de nuestro amor; que unió para siempre y
                              2Sol   La-   2Sol
por toda la vida, a nuestras dos almas delante de Dios.
                                                    Sol

Hoy vienes sufriendo nomás por mi culpa, perdona
                        2Sol   Sol
lo injusto que fui sin querer; creyendo que sólo con mu-
2Do   Do   Do-   Do   2Sol
cho cariño, podría darte todo maldita mi fe.
Sol   2Sol   Sol
Anillo de compromiso, cadena de nuestro amor;
Do   2Sol   Sol
anillo de compromiso, que la suerte quiso que uniera a
                        2Sol
los dos.
Sol
Soy pobre, y muy pobre, y tú ya lo has vis-
                              2Sol   Sol
to, te he dado miseria te he dado dolor; y aunque yo
                              2Sol   La-
te quiera que vale el cariño, si no puedo hacerte fe-
2Sol
liz con mi amor.
Sol

Si algún día recuerdas al pobre que sueña, que
 2Sol   Sol
lucha y se arrastra por querer vivir: jamás lo mal-
 2Do   Do   Do-
digas que al fin fue un mendigo que quiso elevar-
 2Sol   Sol   2Sol
se por llegar a ti.
      Sol
        Anillo de compromiso, cadena de nuestro
 Do   2Sol
amor; anillo de compromiso, que la suerte quiso, que
 Sol   2Sol
uniera a los dos.
       Sol   2Sol Sol

Cuco Sánchez

AMOR DE LOS DOS

(Ranchera Vals en " Fa")

Vivir en el mundo, con una ilusión; es lo-
Fa   2Fa
ca esperanza, sufre el corazón.
                            Fa
Mi vida es tu vida, mi amor de los
                                2La#
dos; tú me haces sufrir, ya lo pagarás, tú no tie-
La#   La#-   Fa   2Do   2Fa
nes perdón.
Fa
Perdóname, si te he ofendido; perdó-
2Fa   Fa   2Fa
name, ten compasión.
Fa
Mi vida es tu vida, mi amor de los
                                2La#
dos; tú me haces sufrir, ya lo pagarás, tú no tie-
La#   La#-   Fa   2Fa
nes perdón.
Fa

Gilberto Parra

15

A LOS CUATRO VIENTOS

(Ranchera Vals en "Sol")

Dejen que el llanto me bañe el alma, quiero llorar
Sol   *2Sol*   *Sol*
traigo sentimientos; quiero gritar a los cuatro vientos, que
2Sol   *Sol*
no soy nadie, que no soy nadie, que nada valgo sin tu que-

rer mujer.
2Sol

Quiero que sepas que ando llorando, como los hom-
Do2Sol
bres no los borrachos; quiero que sepas que estoy pagando
Do 2Sol
con llanto amargo mi falso orgullo y mi vanidad.
Sol

Dejen que el llanto me bañe el alma, no es que
2Sol   *Sol*
yo quiera sentirme un santo; dejen llorar yo no sé qué
2Sol   *Sol*
traigo, no sé qué traigo, en el corazón, quiero que sepas que
2Do   *Do*   *Do-*
al verte ajena, mi falso orgullo se doblegó; que poco valgo
Sol   *2Sol*   *Sol*   *Do*
sin tu cariño, que poco valgo ya sin tu amor, dejen que el
Sol   *2Sol*   *Sol*
llanto me bañe el alma.
2Sol   *Sol*

Tomás Méndez

AUNQUE PASEN LOS AÑOS

(Canción Ranchera en "La")

Una noche serena y obscura, me juraste cariño

La   *2La*   *La*
sincero; me dijiste que en toda tu vida, mi cariño

2La
sería lo primero, yo no sé qué pensabas entonces,

La   *2La*   *La*
que en silencio besaste mis manos; con un beso que

2Re-   *Re*
no he de olvidarlo, aunque pasen y pasen los años.

La   *2La*   *La*
Ahora sólo me queda el recuerdo, y el recuer-

2La   *Re*
do me agobia y me mata; yo no sé qué le debo a la

2La
vida, que otra vez a la mala me trata; ya no puedo

La
mirarme en tus ojos, ni tampoco soñar en tus bra-

2Re   *Re*
zos; porque al irte quebraste mi vida, y hasta el alma

La   *2La*
la hiciste pedazos.

La
Cuando pueda volver a mirarla, ya verás que se

2La   *La*
acaba mi llanto; mientras tanto que siga mi pena, pa'-

2La

poder dedicarte mi canto, ¡Ay! amor que tristeza
La   2La
tan grande, la que traigo en el alma prendida;
La   2Re   Re
si tú puedes vivir sin mirarme, ven mejor a
       La   2La
quitarme la vida; si tú puedes vivir sin mi-
  La   Re
rarme, ven mejor a quitarme la vida.
La   2La   La 2La La

Eduardo Alarcón Leal

18

A PRISION PERPETUA

(Canción Ranchera en "Fa")

Como el tiempo pasa, envejeciendo todo, como el sol acaba, por secar las plantas; como el viento en forma, de huracán destruye, así tú acabaste, con
toditita mi alma.

Pero yo te quiero, te quiero hasta el alma; qué
le importa al mundo, que seas buena o mala; y aquel
que no sepa, lo que es el cariño, me da mucha pena,
me da mucha lástima.

Como inmensa roca, que rodea a los mares, y
a prisión perpetua, detiene sus aguas; como fiera herida, así está mi alma, pero tú llegaste, y ante ti soy
nada.

Pero yo te quiero, te ...etc...

AMARGA NAVIDAD

(Canción Ranchera en "Sol")

Acaba de una vez de un solo golpe, por-
Sol   2Sol   Sol
que quieres matarme poco a poco; si va a llegar el
                                   2Sol
día en que me abandones, prefiero corazón que sea

esta noche.
Sol
    Diciembre me gustó pa'que te vayas, que
          2Sol   Sol
sea tu cruel adiós mi Navidad; no quiero comenzar
2Do   Do   Do-
el año nuevo, con este mismo amor, que me ha-
Sol   2Sol
ce tanto mal.
          Sol
    Y ya después, que pasen muchas cosas; que
                2Sol   Sol
estés arrepentida, que tengas mucho miedo; vas a
          2Sol   Sol
saber, que aquello que dejaste, fue lo que más quisis-
2Sol   Sol   2Sol
te, pero ya no hay remedio.
                Sol
    Diciembre me ...etc...

José Alfredo Jiménez

ARRIEROS SOMOS

(Canción Ranchera en "Si")

Arrieros somos y en el camino andamos,
Si   *2Si*   *Si*
y cada quien tendrá su merecido; ya lo verás, que al
                   2Si
fin de tu camino, renegarás hasta de haber nacido.
    Si   *2Si*   *Si*
Si todo el mundo venimos de la nada, y
           2Si   *Si*
a la nada por Dios que volveremos; me río del
  2Mi   *Mi*
mundo que al fin ni él es eterno, por esta vida,
  2Si   *Si*   *2Si*
nomás, nomás pasamos.
       Si
Tú me pediste amor y yo te quise, me
             2Si   *Si*
pediste la vida y te la di; si al fin de cuentas
    2Si   *Si*
te vas pos anda vete, que la... tristeza, te lle-
  2Mi   *Mi*   *2Si*   *Si*   *2Si*
ve igual que a mí.
    Si

Cuco Sánchez

ABURRIDO ME VOY

(Canción Danza en "Sol")

Aburrido me voy, me voy lejos de aquí;
Sol
donde nadie pregunte, por qué te perdí, aburri-
2Sol
do me voy, para nunca volver; donde quiera se
La- 2Sol
muere quien sabe querer.
Sol
Si te acuerdas de mí, no maldigas mi
amor; que duró solamente, lo que dura una flor,
2Do Do
no preguntes por mí, que no sé a dónde voy;
Do- Sol
¡Ay qué triste me largo!, ¡Qué aburrido me voy!
2Sol Sol

Joaquín Pardavé

ADIOS MARIQUITA LINDA

(Canción Danza en "Do")

Adiós Mariquita linda, ya me voy porque tú ya
   Do
no me quieres como yo te quiero a ti; adiós Mariquita
                       2Do Re
chula, ya me voy para tierras muy lejanas y ya nunca
2Do
volveré.
  Do

Adiós vida de mi vida, la causa de mis dolores;
                  2Re-   *Re-*
el perfume de mis flores, el amor de mis amores, pa-
 Fa-   *Do*   *2Sol2Do*
ra siempre dejaré.
    Do

Adiós Mariquita linda, ya me voy con el alma

entristecida por la angustia y el dolor; me voy porque
                            2Do Re-
tus desdenes, sin piedad han herido para siempre a mí
  2Do
pobre corazón. Adiós mi casita blanca, la cuna de mis amo-
    Do   *2Re-*   *Re-*
res; con perfume de mis flores, y al contarte mis dolores,
  Fa-   *Do*   *2Sol2Do*
te doy mi postrer adiós.
    Do

AMÉMONOS

(Ranchera Vals en " La")

Buscaba mi alma con afán tu alma, buscaba yo
<small>La</small>   <small>2La</small>
la virgen que a mi frente; tocaba con sus labios dulce-
                      <small>La</small>
mente, en el febril insomnio del amor.
<small>2La</small>   <small>La</small>
     Buscaba yo la mujer pálida y bella, que mis sue-
                                    <small>2La</small>
ños visitaba de niño; para partir con ella mi cariño,
            <small>La</small>   <small>2La</small>
para partir con ella mi dolor.
                <small>La</small>
     Como en la sacra soledad del templo, sin ver
                  <small>2Si</small>   <small>Si-</small>
a Dios se siente su presencia; yo presentí en el mun-
<small>2La</small>   <small>La</small>   <small>2Si</small>
do tu existencia, y como a Dios sin verte te adoré.
      <small>Si-</small>   <small>2La</small>   <small>La</small>
     Amémonos mi bien que en este mundo, don-
                                            <small>2La</small>
de lágrimas tantas se derraman; las que viertenqui-
                          <small>La</small>
zá los que se aman, tienen un no sé qué de bendición,.
      <small>2La</small>   <small>La</small>
     Amor es empapar el pensamiento, con la fra-
      <small>2Si</small>   <small>Si-</small>

24

gancia del Edén perdido; amor, amor es llevar herido,
con un dardo celeste el corazón.

Es tocar los dinteles de la gloria, es ver tus
ojos es escuchar tu acento; es llevar en el alma
el firmamento, y es morir a tus pies de adoración.

Amado Nervo

ALBORADA

(Canción Serenata en "La")

De las flores de tu jardín, llenas de tris-
La
teza y de dolor; llenas de tristeza y de dolor, guar-
2La   La
do yo para ti un jazmín, y con el te doy todo mi

amor; y con el te doy todo mi amor.
2La   La
　　　　Yo las guardo con cariño, porque son

tuyas; y ellas siempre me recuerdan, nuestros
2La
amores, recuerda niña, la promesa de tu amor; y
La   2La
nunca olvides, a este pobre trovador.
　　　　　　　　　La
　　　　Son tus labios tan amantes, que en mi
　　　Fa#-   La-
corazón; guardo yo para ti un jazmín, y con él
　　Do# 2La La
te doy mi corazón, y con él te doy todo mi amor.
　　　　2La   La

26

BUENOS DIAS AMOR

(Canción Serenata en "Do")

Buenos días amor, como está el corazón, donde dices que estoy, como estás tú en el mío; buenos días amor, doy mil gracias a Dios, por tenerte
ángel mío.

Buenos días amor, qué feliz soy por ti, muchas gracias mi cielo; si algún día sufrí, si algún
día lloré, ahora ya ni me acuerdo.

Te quiero, te quiero, te quiero; si esto ya lo sabe Dios, que lo sepa el mundo entero; te quiero, te
quiero, te quiero; es el grito que me aturde, cuando
sale de mi pecho.

Buenos días amor, qué feliz soy ... etc...

CUANDO PASEN LOS AÑOS

(Canción Ranchera en " Re")

Yo sé que nunca, nunca, vivirás la vida co-

Re

mo yo quisiera; y sé que hasta la muerte, vivirás en

2Re   Mi-

mi alma aunque yo no quiera.

2Re   Re

Es triste despedirse, cuando se ha querido

2Sol

corazón a corazón, pero el amor se acaba; aunque se

Sol   Sol-   2Re

quiera mucho, y desgraciadamente, tu maldito orgullo

Re   2La   2Re

destrozó mi amor.

Re

Cuando los años pasen, y el tiempo borre

todo; no olvides vida mía, que por mucho tiempo te

recordaré.

2Re

Por los momentos grandes, que sin querer

Mi-   2Re

me diste; y pasará la vida, pero yo mi vida, te re-

2La   2Re-

cordaré.

Re

28

Cuando los años pasen, y sin querer te
encuentre; no vayas a mirarme, con el odio inten-
so, de la desesperación.

2Sol

Porque el amor de mi alma, se lo entregué

Sol

a tus ojos; y aunque quisiera odiarte, seguirás vi-

Sol-   2Re

viendo, en mi corazón.

Re   2La

2Re   Re

CIELO ROJO

(Canción Huapango en " Mi ")

Solo sin tu cariño, voy caminando, voy
Mi-
caminando, y no sé qué hacer; ni el cielo me con-
Re
Do   *2Mi Mi-*
testa, cuando pregunto, por ti mi bien.
Re   *Do*   *2Mi*

No he podido olvidarte, desde la noche, des-
Mi-
de la noche, en que te perdí; sombras de duda y
Re
Do   *2Mi Mi-*
celos, sólo me envuelven pensando en ti.
Re   *Do*   *2Mi*   *Mi*

Deja que yo te busque, y si te encuentro,

y si te encuentro, vuelve otra vez; olvida lo pasa-
2Mi La   *Mi*
do, ya no te acuerdes de aquel ayer; olvida lo pa-
2Mi   *Mi* *La*
sado, ya no te acuerdes de aquel ayer.
Mi   *2Mi*   *Mi*

Mientras yo estoy dormido, sueño que
Mi-
vamos, los dos muy juntos, a un cielo azul; pe-
Re   *Do*   *2Mi Mi-*
ro cuando despierto, el cielo es rojo, me faltas tú.
Re   *Do*   *2Mi*

Aunque yo sea culpable, de aquella tris-
Mi-
te, de aquella triste, separación; vuelve por Dios
Re
Do *2Mi* *Mi-*
tus ojos, vuelve a quererme, vuelve otra vez.
Re *Do* *2Mi* *Mi*
Deja que yo te busque, y si te encuentro,

y si te encuentro, vuelve ... etc...

DOS LUCEROS

(Canción Huapango en "Re")

Ya no hallo cómo decirte, que te quiero con pa-
Re-   2Re-   Re-   2Re-
sión; que te quiero con pasión, ya no hallo cómo decir-
Re-   Do   La#   2Re-
te, que mi pobre corazón, se está muriendo de triste; se
                                        Re-
está muriendo de triste, y no tienes compasión.
          Do   La#   2Re-
Tus ojos son dos luceros, que me quisiera robar;
Re 2Sol   Sol   2Re   Re
que me quisiera robar, tus ojos son dos luceros, pero
          2Re   Re   2Sol
pa'qué desespero, por lo que no he de alcanzar; los
        Sol 2La   2Re-
luceros son del cielo, y yo del mundo pa'llorar, yo
          2Re   Re
del mundo pa'llorar.
  2Re   Re Re-
Si por tu amor me muriera, no me vayas
                   2Re-   Re-
a llorar; no me vayas a llorar, si por tu amor me
2Re- Re-   Do La#
muriera, que tu carita hechicera, no debe nunc
2Re-
llorar; pero si llegas a amar, pídele a Dios que
Re-   Do   La#

me muera.
2Re-

     Tus ojos son dos luceros, que me
     Re 2Sol   Sol   2Re
quisiera robar; que me quisiera robar, tus
       Re   2Re
ojos son dos luceros, pero pa'qué desespero,
       Re   2Sol   Sol
por lo que no he de alcanzar; los luceros son
2La   2Re-
del cielo, yo del mundo pa'llorar, yo del mun-
  2Re   Re   2Re
do pa'llorar.
  Re

ESTA TRISTEZA MIA

(Canción Ranchera en "Fa")

Esta tristeza mía, este dolor tan grande; lo
    Fa   2Fa   Fa   2Fa La#
llevo tan profundo, pues me ha dejado solo en el mun-
           Fa   2Fa   Fa
do, ya ni llorar es bueno, cuando no hay esperan-
       2Fa
za; ya ni el vino mitiga, las penas amargas que
2Fa La#   Fa   2Fa
a mí me matan.

         Fa
Yo no sé, qué será de mi suerte, que de
    2Do   Do
mí no se acuerda ni Dios; ¡Ay!, pobres de mis
2Do   Do   La#
ojos, cuánto han llorado por tu traición.
 Fa   2Fa   Fa
Ya ni llorar es bueno, cuando no hay es-
               2Fa   Fa
peranza; ya ni el vino...etc...
  2Fa   La#

LA SANMARQUEÑA

(Huapango en "Mi")

San Marcos tiene la fama, de las mujeres
  Mi-   2Mi
bonitas; también Acapulco tiene, de diferentes
  Mi-   2La   La-
caritas; San Marqueña de mi vida, San Marqueña
  Mi-   2Mi   Mi-   2Mi
de mi amor.
  Mi

El saco de un estudiante, es como un jar-
                          2Mi
dín de flores; todo lleno de remiendos, de diferen-
  Mi-   2La   Lates colores, San Marqueña de mi ...etc...
  Mi-   2Mi

Las muchachas de San Marcos, nunca quie-
                          2Mi
ren dar un beso; en cambio las de este pueblo,
  Mi-   2La   La-
hasta estiran el pescuezo, San Marqueña ...etc...
  Mi-   2Mi

Ya me voy ya me despido, San Marcos ya me
                          2Mi
reclama; no te hice caso a ti, porque me gustaba más
  Mi-   2La   La-
tu hermana, San Marqueña de mi ...etc...
  Mi-   2Mi

LA MUJER LADINA

(Canción Danza en "Do")

Por una mujer ladina, perdí la tranquilidad;
Do   2Do
ella me clavó una espina, que no me puedo arrancar,
Fa   2Do   Do
como no tenía conciencia, y era una mala mujer; se
                                        2Fa   Fa
fugó con su querencia, para nunca jamás volver.
        Do   2Do   Do

En la orillita del río, a la sombra de un pirúl;
                        2Do   Do
su amor fue tan sólo mío, una mañanita azul, y des-
                2Do   Do
pués en la piragua, nos fuimos a navegar; ¡qué lin-
                        2Fa   Fa
do! se movía el agua, cuando yo la volví a besar.
        Do   2Do   Do

Mas dicen que el tiempo borra, los pesares del

amor; pero a mí se me figura, que con el tiempo
2Do
estoy peor, no tengo dicha ni calma, y a veces me
        Do   2Fa
hace llorar; y me duele tanto el alma, que no puedo
        Fa   Do   2Do
ni suspirar.
        Do

LA RONDALLA

(Canción Serenata en "Mi")

En esta noche clara, de inquietos lu-
Mi-   2Mi
ceros; lo que yo te quiero, te vengo a decir,
Mi-   La-   Mi-   La-   Mi-
mirando que la luna, extiende en el cielo; su pá-
                2Mi   Mi-   La-
lido velo, de plata y zafir.
Mi-   La-   Mi-

Y en mi corazón, siempre estás; y yo no
        2Sol   Sol
he de olvidarte jamás, porque yo nací, para ti;
Re   Do   2Mi   2Sol   Sol
y de mi alma la reina serás.
    Re   Do   2Mi

En esta noche clara, de inquietos lu-
                  Mi-   2Mi
ceros; lo que yo te quiero, te vengo a decir.
Mi-   La-   Mi-   2Mi   Mi
Abre el balcón y el corazón, mientras que pasa la ronda; piensa mi bien, que
            2Mi   Fa#-
yo también, siento una pena muy honda.
    La   2Mi
Para que estés cerca de mí, te
                            Mi
                            2La

37

bajaré las estrellas; en esta noche callada,

La   *La-*   *Mi*

que en toda mi vida, será la mejor.

2Si   *2Mi*   *Mi*

     Abre el balcón y el corazón ... etc...

En esta noche clara, de inquietos luce-

Mi-   *2Mi*   *Mi-*

ros; lo que yo te quiero, te vengo a decir.

La-   *Mi-*   *2Mi*   *Mi-*

Alfonso Esparza Oteo

LA GOLONDRINA

(Canción Serenata en "Sol")

Aben Hamed al partir de Granada su co-
Sol   Do 2Sol
razón destrozado sintió y allá en la Vega al per-
Sol   2Sol   Sol
derla de vista con débil voz su lamento expresó.
2Do   Do   Do-   Sol 2Re   2Sol   Sol
Mansión de amores, celestial paraíso; nací
2Sol   Sol
en tu seno y mil dichas gocé, voy a partir, a leja-
2Sol   Sol
nas regiones; de donde ya, nunca más volveré.
Do   Sol   2Sol Sol
A dónde irá veloz y fatigada, la golon-
Do 2Sol
drina que de aquí se va; allá en el cielo se halla-
Sol   2Sol   Sol
rá extraviada, buscando abrigo y no lo encontrará.
2Do   Do   Do-   Sol   2Re   2Sol Sol
Junto a mi lecho le formaré su nido, en
2Sol   Sol
donde pueda la estación pasar; también yo es-
2Sol   Sol
toy en la región perdido ¡Oh!, cielo santo y sin
Do   Sol   2Sol
poder volar.
Sol

39

Dejé también mi patria idolatrada, esa
Do 2Sol
mansión que me miró nacer; mi vida es hoy
Sol   2Sol   Sol
amante y angustiada, y ya no puedo a mi man-
        2Do   Do   Do- Sol   2Re
sión volver.
2Sol   Sol
Ave querida amada peregrina, mi co-
            2Sol   Sol
razón al tuyo estrecharé; oiré tu canto tierna
2Sol   Sol
golondrina, recordaré mi patria y lloraré.
Do   Sol   2Sol   Sol

N. Serradell

MUCHO CORAZON

(Bolero Ranchero en " Do")

Di si encontraste, en mi pasado, una razón
    Do
para quererme o para olvidarme; pides cariño, pides
                    2Do   Fa
ternura, si te conviene; no llames corazón, lo que tú
   2Do
tienes.
 Do

De mi pasado, preguntas todo, que cómo fue;
si antes de amar, debe tenerse fe; dar por un que-
              2Fa   Fa Fa-
rer, la vida misma sin morir, eso es cariño no lo
       Do   2Sol
que hay en ti.
 2Do   Do
Yo, para querer, no necesito una razón;
Fa   Fa-   Do
me sobra mucho, pero mucho, corazón.
 2Sol   2Do   Do

Mª Elena Valdelamar

TE AMARE VIDA MIA

(Canción Ranchera en "Sol")

Mientras haya vida en este mundo, mien-
Sol · 2Sol · · · Do
tras Dios nos dé la luz del día; mientras haya amor en
· · · · · · · · 2Sol · · · · · · · · · · Sol
esta vida, te amaré vida mía.
2Sol · · · · · · · · · · · · · · Sol

Mientras haya pájaros que canten, al rayar
· 2Sol · · · Do
la aurora cada día; mientras den perfume las garde-
· · · · 2Sol · · · · · · Sol · · · · · · · · · · · · · · · · · 2Sol
nias, te amaré vida mía.

Y verás, que serás, lo que nadie en mi vida
· · · · · · · · · · · · · · Sol
antes fue; porque tú, para mí, eres mi alma, mi amor
· · · · · · · Do · · 2Sol · Sol · · · · · · · 2Sol
y mi fe. Mientras haya la última esperanza, y haya
· · · · Sol · · · · · · · 2Sol · · · · · · Sol · · · · · · · · · 2Sol
ser que goce la alegría; mientras haya música en el
· · · · · Sol · 2Sol · · · Do
alma, te amaré vida mía. Mientras pueda respirar el
· · · · 2Sol · · · · · · · · · Sol
aire, mientras corra sangre por mis venas; mientras
2Sol · · · · · · · · · · · · · · · · Sol
mi cerebro tenga vida, te amaré, vida mía.
2Sol · · · Do · · · · · · · · 2Sol · · · · · · · · · · Sol

42

TE VOY ENSEÑAR A QUERER

(Canción Fox en "Re")

Dame un beso, cerca de una rosa, mira el
    Re   *2Re*
cielo, al atardecer; piensa mucho, en lo que te digo
      Re   *2Sol*   *Sol*
corazón, pues te quiero y te voy a dar mi amor.
Sol—   *Re*   *2La*   *2Re*   *Re*
Cada noche, cuenta las estrellas, son los
                        2Re
besos, que te quiero dar; una de ellas, la que más
         Re   *2Sol*   *Sol*
tú quieras alcanzar, me la traes y yo te volveré a besar.
         Sol—   *Re*   *2La* *2Re*   *Re*
Te voy enseñar a querer, cariño de mi co-
  2Re   *Re*
razón; te quiero y te adoro mi amor, y quiero tus
  2Re   *Re*
besos sentir, tus ojos los quiero mirar, muy den-
                   2Sol
tro de mi corazón; te voy enseñar a querer, y
          Sol   *2Re*
a entregarme tu amor.
          Re

Laura Gómez Llano Barroso

ASI SE QUIERE EN JALISCO

(Canción. Ranchera Fox en "La")

Al hablar de mi Jalisco, al nombrarlo lo prime-
La
ro; lo primero que hay que hacer, es tratarlo con respeto;
2La
luego quitarse el sombrero, y después venirlo a ver.
La
No llegar echando habladas, ni querer ser mito-

tero, porque le puede pasar; que se encuentre a un ja-

lisciense, o a un mariachi coculense, que lo mande a
2La
romanear.
La
Así se quiere en Jalisco, sin recelo ni doblez;
2Mi   *Mi* *2La*   *La*
se quiere como es debido, como manda la honradez,
2Si   *Si-*   *2La*   *La*
¡ay! de aquél que busque ruido, porque lo halla; sí;
2Mi   *Mi*   *2La*
señor; los amores en Jalisco, nada más los rompe Dios.
La *2Si*   *Si-*   *2La*   *La*
Que no mire a sus mujeres, con miradas atre-

vidas, porque entonces ¡ay señor!; ellas tienen quien

las cuide, quien por ellas dé la vida; sin alardes ni
2La
rencor, por acá en Guadalajara, el amor no es cosa rara,
La
pues para eso es el amor; pero una hembra cuesta
cara, y las de Guadalajara, siempre tienen un fiador.
2La   *La*

    Así se quiere en Jalisco, sin ... etc...
    2Mi   *Mi*
    A los hombres de esta tierra, para qué buscar-
les guerra y mitote en su querer; si por sabido se ca-
lla, que el que los busca los halla, si la causa es la mu-
2La
jer; se hacen bola con cualquiera, y aunque alguna vez
La
perdieran, nunca olvidan su rencor; pues acá es cosa
sagrada, respetar mujer amada, o perder el corazón.
2La   *La*

    Así se quiere en Jalisco, sin ... etc...
    2Mi   *Mi*

                    Manuel Esperón y
           Ernesto Cortázar

BESANDO LA CRUZ

(Ranchera en "Si")

De qué sirve querer, con todo el co-

Si   *2Si*   *Si*

razón; de qué sirve cumplir el deber, respetando

2Si

un amor, pa'mí sólo eras tú, no había nadie ja-

Si   *2Si*   *Si*   *2Mi*

más; eras todo pa'mí, y besando la cruz, te lo pue-

Mi   *Mi*   *Si*   *2Si*

do jurar.

Si

Tú eras el sol, y eras la luz, que me

2Si

alumbró; obscuridad, hoy eres tú por tu traición, me

Si   *2Si*   *Si*

voy lejos de aquí, donde pueda olvidar; de qué sir-

2Si   *Si*   *2Mi*   *Mi*   *Mi*-

ve llorar, si tu luz ya perdí, si no encuentro la paz.

Si   *2Si*   *Si*

Chucho Monge

BONITA GUADALAJARA

(Ranchera Fox en "Sol")

¡Ay! qué orgullo tengo de ser de Jalisco,
Sol
de ser de esa tierra donde las mujeres; parecen man-
2Sol
zanas y huelen a prisco, a fresa y a mango, todos
Sol   *2Sol*
sus quereres, ¡Tierra Tapatía!
Sol

Aquí no queremos locos ni borrachos, a
los de Jalisco nos gustan entrones; pero no nos
2Sol
echen ni chichos, ni gachos, y nomás pa'darles li-
Sol   *2Sol*
geros quemones, que nos echen machos.
Sol

Bonita Guadalajara, pero más la tapatía,
Do   *2Sol*
pues las flores de Jalisco, vinieron de Andalucía; y
Sol   *2Sol*   *Sol*
las trajo hasta Zapopan, la mera Virgen María, bo-
Do   *2Sol*
nita Guadalajara, pero más la tapatía.
Sol   *2Sol*   *Sol*
Cuando yo me muera cómo me cuadrara,

tener un mariachi cerca de mi lecho; y el últi-
Sol
mo aliento pa'l cielo derecho, el nombre bendito
Sol   2Sol
de Guadalajara, soltar de mi pecho.
Sol

    Grito de mariachis en noches de plata,

palomas que vuelan sobre el campo verde; ése es
2Sol
mi Jalisco, valor sin bravata; Jalisco no pierde,
Sol   2Sol
porque cuando pierde, Jalisco arrebata.
Sol

    Bonita Guadalajara, pero más la...etc...
Do

Manuel Esperón

BUENAS NOCHES MI AMOR

(Canción Serenata en "Fa")

Buenas noches mi amor, me despido
Fa   *La#*   *Fa*
de ti; que en el sueño tú pienses, que estás cerca
2Fa   *La#*   *2Fa*
de mí. *(Se repite).*
Fa

Ya mañana en la cita, te hablaré
2La#
de mi amor; y asomado a tu mirar, serás,
La#   *2Do*
mi bien, la vida mía.
2Fa
Buenas noches mi amor, me des-
Fa   *La#* *Fa*
pido de ti; que al mirarnos mañana, me quieras
2Fa   *La#*   *2Fa*
mucho más.
Fa Do# Fa

Gabriel Ruiz

CAMINO DE GUANAJUATO

(Ranchera Vals en "Do")

No vale nada la vida, la vida no vale na-
<small>Do</small>   <small>2Do</small>
da; comienza siempre llorando, y así llorando se
acaba; por eso es que en este mundo, la vida no
<small>Do</small>   <small>2Do</small>
vale nada.
<small>Do</small>

Bonito León Guanajuato, la feria con su
jugada; ahí se apuesta la vida, y se respeta al que
<small>2Do</small>
gana, allá en mi León Guanajuato; la vida no va-
<small>Do</small>   <small>2Do</small>
le nada.
<small>Do</small>

Camino de Guanajuato, que pasas por
tanto pueblo; no pases por Salamanca, que ahí
<small>2Do</small>
me hiere el recuerdo; vete rodeando veredas, no
<small>Do</small>   <small>2Do</small>
pases porque me muero.

El Cristo de la montaña, del cerro
<small>Do</small>

de "El Cubilete"; consuelo de los que sufren,
adoración de la gente; el Cristo de la montaña, del cerro de "El Cubilete".

Camino de Santa Rosa, la sierra de
Guanajuato; ahí nomás tras lomita, se ve Dolores Hidalgo; yo ahí me quedo paisanos, ahí
es mi pueblo adorado.

José Alfredo Jiménez

CUATRO CAMINOS

(Ranchera Vals en "Fa")

Es imposible que yo te olvide, es imposible
Fa
que yo me vaya; por donde quiera que voy te miro,
2Fa
ando con otra y por ti suspiro.
Fa
Es imposible que todo acabe, yo sin tus besos

me arranco el alma; si ando en mi juicio no estoy con-
2Fa
tento, si ando borracho pa'qué te cuento.
Fa
Cuatro caminos hay en mi vida, ¿cuál de los
La#
cuatro será el mejor?; tú que me viste llorar de an-
2Fa
gustia, dime paloma por cuál me voy.
Fa
Tú que juraste que amor del bueno, sólo en

tus brazos lo encontraría; ya no te acuerdas cuan-
2Fa
do dijiste, que yo era tuyo y que tú eras mía.
Fa
Si es que te marchas paloma blanca, alza

tu vuelo poquito a poco; llévate mi alma bajo tus
alas, y dime adiós a pesar de todo.

    Cuatro caminos hay en mi vida, ¿cuál
de los cuatro será el mejor?; tú que me quieres
paloma mía, dime mi vida: ¿Por cuál me voy?

José Alfredo Jiménez

CU-CU-RRU-CU-CU PALOMA

(Huapango en "Do")

Dicen que por las noches nomás se le iba en
Do
puro llorar, dicen que no comía nomás se le iba en
Fa
puro tomar; juran que el mismo cielo se estreme-
2Do
cía al oír su llanto, cómo sufrió por ella que hasta
Do
en su muerte la fue llamando.
2Do   Do
¡Ay, ay, ay, ay, ay!, ¡cantaba!; ¡Ay, ay,
2Do
ay, ay, ay!, ¡Gemía!; ¡Ay, ay, ay, ay, ay!, ¡lloraba!,
Do   2Do
de pasión mortal moría.
Do
Que una paloma triste muy de mañana le
va a cantar, a la casita sola con sus puertitas de par
Fa
en par; juran que esa paloma no es otra cosa más que
2Do
su alma, que todavía la espera a que regrese la desdi-
Do   2Do
chada.
Do

Cú-cú-rrú-cú-cú, paloma; cú-cú-rrú-cú-cú,
2Do
no llores; las piedras jamás paloma, qué van a sa-
Do   2Do
ber de amores.
Do
Cú-cú-rrú-cú-cú,... cú-cú-rrú-cú-cú; cú-
Fa   2Do
cú-rrú-cú-cú, ¡Paloma ya no la llores!
Do

Tomás Méndez

55

CUANDO SALGA LA LUNA

(Ranchera Vals en "Mi")

Deja que salga la luna, deja que se meta el
Mi-   2Mi
sol, deja que caiga la noche, pa'que empiece nuestro
Mi-   Re   Do
amor; deja que las estrellitas, me llenen de inspira-
2Mi Mi-   2Mi
ción, para decirte cositas muy bonitas corazón.
Mi-   Re   Do   2Mi

Yo sé que no hay en el mundo, amor como el
                        La-
que me das; y sé que noche con noche, va creciendo
          Mi-   Re   Do
más y más, y sé que noche con noche, va creciendo
          2Mi   Mi-   Re   Do
más y mas.
          2Mi

Cuando estoy entre tus brazos, siempre me
          Mi-   2Mi
pregunto yo; ¿cuánto me debía el destino, que conti-
          Mi-   Re   Do
go me pagó?, por eso es que ya mi vida, toda te
          2Mi Mi-   2Mi
la entrego a ti; tú que me diste en un beso, lo que
          Mi-   Re
nunca te pedí.
Do   2Mi

Yo sé que no hay en el mundo, amor co-
La-
mo el que me das; y sé que noche con noche, va
Mi-   Re
creciendo más y más; y sé que noche con noche,
Do   2Mi Mi-   Re
va creciendo más y más.
Do   2Mi
¡Deja que salga la luna!
Mi-

José Alfredo Jiménez

COPITAS DE MEZCAL

(Canción Ranchera en "Sol")

Yo he venido de tierras lejanas, y he veni-
Sol   2Sol   Sol
do para demostrar; que aunque pobre me sobran las
2Sol   Do   2Sol
ganas, por eso hoy mismo me quiero emborrachar.

                             Sol
      Se me fue de mi lado la ingrata, se me fue
                2Sol   Sol   2Do
y no la puedo olvidar; su recuerdo a momentos me
           Do   Do-
mata, pero soy hombre y me tengo que aguantar.
Sol   2Sol   Sol
      Que sirvan las otras copitas de mezcal, que
                2Sol   Sol
al fin nada ganamos con ponernos a llorar; que sir-
         2Sol   Sol
van las otras copitas de...etc...
      2Sol
      Todos vamos llorando un cariño, todos vamos
                2Sol   Sol
llorando un amor; en cada alma se esconde una pena, en
      2Sol   Do   2Sol
cada pecho se esconde un cruel dolor.
                Sol
      Olvidar el amor que se quiere, no es tan fácil
           2Sol   Sol   2Do

pero hay que olvidar; y cuando ese cariño se muere,
                Do   2Sol   Sol
con otro nuevo volvemos a empezar.
        2Sol   Sol

    Que sirvan las otras copitas...etc...
            2Sol

    Ya de tanto sentir ya no siento, ya no pien-
            2Sol   Sol
so de tanto pensar; ya de tanto llorar yo comprendo,
        2Sol   Do   2Sol
que hasta mis ojas se van a marchitar.
                            Sol

    Que me sirvan las otras bien llenas, que al
                    2Sol   Sol
amor yo lo quiero brindar; toda mi alma mi vida y mi
    2Do   Do   Do-
pena a todas juntas las quiero envenenar.
Sol   2Sol   Sol
    Que sirvan las otras copitas de...etc...
            2Sol

        Chucho Palacios

COCULA

(Canción Ranchera en " Fa ")

De esta tierra de Cocula, que es el alma
Fa   *2Fa*   *Fa*
del mariachi vengo yo con mi cantar; voy camino
                   2Fa   *La#*
a Aguascalientes a la feria de San Marcos, a ver
      2Fa   *Fa*
lo que puedo hallar.
2Fa   *Fa*

Traigo un gallo muy jugado, para echar-
          2Fa   *Fa*
lo de tapado con algún apostador; y también traigo
              2Fa   *La#*
pistola por si alguno busca bola, y me tilda de
        2Fa   *Fa*   *2Fa*
hablador.
Fa

De Cocula es el mariachi, de Tecatitlán
los sones, de San Pedro su cantar, de Tequila su
   2Fa
mezcal; y los machos de Jalisco, afamados por en-
                 La#
trones por eso traen pantalones.
2Fa

Vengo en busca de una ingrata, de una jo-
   Fa   *2Fa*   *Fa*

ven traicionera que se fue con mi querer; traigo ga-

2Fa

nas de encontrarla, pa'enseñarle que de un hombre

La#   2Fa   Fa

no se burla una mujer.

2Fa   Fa

    Se me vino de repente, dando pie pa'que

2Fa   Fa

la gente murmurara por que sí; pero haber hoy que

2Fa   La#

la encuentre y quedemos frente a frente, qué me

2Fa   Fa   2Fa

va a decir a mí.

Fa

    De Cocula es el mariachi, de...etc...

Manuel Esperón y
Ernesto Cortázar

CHAPALA

(Canción Huapango en "Mi")

Redes, redes que tienden los pescadores,
Mi-   *2Mi*   *Mi-*
en la laguna; redes, que son como encaje en noches
2Mi   *Mi-*   *2La*
de luna y en la obscuridad; noche, noche de luna en
                       La-   *2Mi*
Chapala; canción de pescadores, flor de las olas que
   Mi-   *2Mi*
vienen y van.
       Mi- 2Sol

Chapala, son tus canoas como un cortejo de
       Sol
fantasía, cargadas, con mangos verdes, o con melones,
   2Sol
o de sandías; por Ocotlán sale el sol, por Tizapán;
     Sol   *2Mi*   *Mi-*   *2Sol*
sale la luna, y poco a poco, va subiendo, la marea, en
Sol   *2Sol*
la laguna.
     Sol

Chapala, eres paisaje para las almas ena-
moradas; enjambre, de charalitos, o pescado saura
  2Sol
de madrugada.
      Sol

62

Chapala rinconcito de amor, donde las
                2Do   Do Do-
almas; pueden hablarse, de tú con Dios, la luna
Sol   2Re   2Sol   Sol 2Mi
ya se ocultó, y se durmió: "La Laguna".
    MI-   2Si 2Mi   MI-

Pepe Guizar

CARIÑO NUEVO

(Canción Ranchera en "Sol")

Igual que en tierra suelta, la humedad pene-
Sol
tra; así te metes tú, poquito a poco, podríamos decir, que
Sol   *2Sol*
apenas te conozco; y ya te llevo en mí, como algo de mi
Do   *2Sol*
todo.
Sol

Ya me haces falta tú, como el azul al cielo;
                    2Sol   *Sol*
estoy unido a ti, como el calor al fuego, me hiciste
       2Do   *Do*
revivir, me diste fe y consuelo; trajiste para mí, ca-
Do-   *2Sol*   *Sol*   *2Sol*
riño nuevo.
Sol

Espero que tu amor, que es mi cariño nue-
2Re   *Re*
vo; me alivie del dolor, que otro amor dejó, dentro
        2Re   *Re*   *Do*
de mí.
2Sol

Ya me haces falta tú, como el ...etc...
Sol

José Ángel Espinosa

64

CUANDO VIVAS CONMIGO

(Canción Ranchera en " Do")

De mis ojos está brotando llanto, a mis años
Do　　　　　　　*2Do*　*Do*
estoy enamorado; tengo el pelo completamente blanco,
　2Do　　　　　　　　　　　*Fa*　*2Do*
pero voy a sacar juventud de mi pasado.

　　　　　　　　　　　　　Do
Y te voy a enseñar a querer, porque tú no has
　Fa　　　　　　　　　　　*2Do*
querido; ya verás lo que vas a aprender, cuando vivas
Do　　　　　　　　　　　*2Do*
conmigo.
Do

De mis labios está brotando sangre, mi de-
　　　　　　　　　2Do　*Do*
rrota la tengo sepultada; hoy me entrego en tus bra-
　　　　2Do　　　　　　　　　　*Fa*
zos como en nadie, porque sé que mi amor sin tu
　　　　2Do
amor, no vale nada.
　　　Do
Y te voy a enseñar a querer... etc...
　Fa

José Alfredo Jiménez

CORAZÓN CORAZÓN

(Canción Ranchera en "Re")

Es inútil dejar de quererte, ya no puedo vi-
Re   2Re   Re-
vir sin tu amor; no me digas que voy a perderte, no
   2Re-   Sol-   2Re-
me quieras matar corazón, yo qué diera por no recor-
     Re-   2Re
darte, yo qué diera por no ser de ti; pero el día que te
Re-   2Sol   Sol-
dije te quiero, te di mi cariño y no supe de mí. Cora-
   Re-   2Re-   Re-
zón, corazón; no me quieras matar corazón.
2Re-   Re-   2Re-   Re
Si has pensado dejar mi cariño, recuerda el ca-

mino donde te encontré; si has pensado cambiar tu
       2Re
destino, recuerda un poquito quién te hizo mujer, si des-
                 Re
pués de sentir tu pasado, me miras de frente y me dices
           2Sol
adiós; te diré con el alma en la mano, que puedes quedar-
Sol-   Re-   2Re-
te, porque yo me voy. Corazón, corazón...etc...
    Re-   2Re-   Re-

José Alfredo Jiménez

COMO MEXICO NO HAY DOS

(Ranchera Fox en " Mi")

Tengo el alma de bohemio mexicano, vagabun-
Mi
do y trovador; para todos mi amistad llevo en la mano,
2Mi
soy así de corazón, vagabundas por el mundo mis can-
Mi
ciones, van rodando como yo; es mi orgullo que me nom-
2La   La   La-
bren mexicano, ¡Como México no hay dos!
Mi   2Mi   Mi

No hay dos en el mundo entero, ni hay sol que
2Mi   Mi   2Mi
brille mejor; si, aquí la virgen María, dijo que estaría,
Mi   2Fa#   Fa#-   2Mi
que aquí estaría mucho mejor; mejor que con Dios,
Mi   2Mi
dijo que estaría, y no lo diría nomás por hablar, ¡Ca-
Mi   2Mi   Mi
ray! que en el extranjero; es cuando más quiero, cuan-
2Fa#   Fa#-   Mi
do más quiero yo a mi nación.
2Mi   Mi

Qué bonita California ¿quién lo duda?, también fue nuestra nación; sus naranjas y sus vinos
2Mi

hechos de uva, sus manzanas de color, la Marlene.
y la Greta ¡Ay Dios!; tienen eso, tienen eso que da
                  Mi
ardor, pero yo prefiero un trago de tequila, ¡ Como
                                   2La
México no hay dos!
  La   *La-*   *Mi*
2Mi

        No hay dos en el mundo... etc...
                        2Mi

        Rascacielos que se pierden en el cielo, los
      Mi
que tiene Nueva York; las mulatas de La Habana tie-
                      2Mi
nen seso, tienen seso y esplendor; Buenos Aires con
                            Mi
sus tangos milongueros, Río Janeiro portugués; pero
                          2La   *La*
yo soy por orgullo mexicano, ¡ Como México no hay
  La-   *Mi*   *2Mi*
dos!
Mi

        No hay dos en el mundo entero... etc...
               2Mi   *Mi*

Pepe Guízar

CUATRO MILPAS

(Canción Ranchera en "Fa")

Cuatro milpas tan sólo han quedado, del ranchi-
Fa
to que era mío; ¡Ay!, de aquella casita, tan blanca y boni-
2Fa
ta, lo triste que está.
Fa

Los potreros están sin ganado, toditito se ha

acabado ¡Ay! ; ya no hay palomas, ni hiedras, ni aro-
2Fa
mas, todo terminó.
Fa

Si me prestas tus ojos morena, los llevo en
La#
el alma que miren allá; los despojos de aquella casi-
2Fa
ta, tan blanca y bonita lo triste que está.
Fa

Cuatro milpas que tanto quería, pues mi ma-

dre las cuidaba ¡Ay! si vieras qué solas ya no hay
2Fa
amapolas ni hierbas de olor.
Fa

J. F. Elizondo

DESPACITO

(Ranchera en "Fa")

Despacito muy despacito, se fue metiendo en
   Fa   2Fa   La#

el corazón; con mentiras y cariñitos, la fui querien-
2Fa   Fa   La#-   Fa   2Fa

do con mucho amor, despacito muy despacito, crecía
            Fa   2Fa

la llama de mi pasión; y sabiendo que no era buena,
  La#   2Fa   Fa   La#-   Fa

le di mi vida sin condición:
      2Fa   Fa

Hoy que quiero dejarla de amar, no responden
            La#

las fuerzas de mi alma; yo no sé dónde voy a aca-
             Fa

bar, pero yo ya no puedo olvidarla.
2Fa   Fa

Despacito muy despacito, me dijo cosas que nun-
           2Fa   La#   2Fa

ca oí; me enseñó lo que tantas veces, con otros labios no
Fa   La#-   Fa   2Fa

comprendí, pero todo, todo se acaba, la dicha grande tam-
   Fa   2Fa   La#

bién se va; y nos deja nomás recuerdos, recuerdos de
2Fa Fa   La#-   Fa

ella que no vendrá.
2Fa   Fa

José Alfredo Jiménez

DESAFIO

(Ranchera en "Re")

Yo sé que tu madre reza porque me olvides,
Re-   *2Re-*   *Re-*
y sé que hasta mi nombre lo ha maldecido; me envidia
2Sol   *Sol-*   *2Re-*
porque sabe que te quiero, porque como te quiero; ni ella
                                  Sol-
misma te ha querido, por Dios que ¡sí!, ¡ cómo te quiero!
Re-   *2Re-*   *Re-*   *2Re-*   *Re*
¿ Por qué tiene que ser ?, que cuando más se

quiere; con el alma y corazón, no falta quién se
2Re   *Sol*   *2Re*
oponga.
Re

Respeto su rencor, de la que tanto me
      Sol-
odia; pero te quiero, y perdone usted señora, y
Re-   *2Re-*   *Re-*
perdone usted señora.
   2Re-   *Re-*

Tomás Méndez

DOS ARBOLITOS

(Huapango en "La")

Han nacido en mi rancho dos arbolitos, dos
arbolitos que parecen gemelos; y desde mi casita
los veo solitos, bajo el amparo santo y la luz del
cielo.

Nunca están separados uno del otro, porque
así quiso Dios que los dos nacieran; y con sus mis-
mas ramas se hacen caricias, como si fueran no-
vios que se quisieran.

Arbolito, arbolito, bajo tu sombra, voy a
esperar que el día cansado muera; y cuando estoy solito mirando al cielo, pido pa'que me mande una compañera.

Cuando voy a mi siembra y a los maiza-

les, entre los surcos riego todo mi llanto; sólo
tengo de amigos a mis animales, a los que con
tristeza siempre les canto.

Las vacas los novillos y los becerros,
saben que necesito que alguien me quiera; mi
caballito pinto y hasta mi perro, han cambiado
y me miran de otra manera.

Arbolito, arbolito, me siento solo; quiero que me acompañes, hasta que muera.

Chucho Martínez Gil

EL SINALOENSE

(Huapango en "Si")

Desde Navolato vengo, dicen que nací en el Roble;
Si
me dicen que soy arriero, porque les chiflo y se paran,
2Si

si les aviento el sombrero ya verán cómo reparan.
Si

¡Ay, ay, ay!, mamá por Dios, por Dios qué borra-
2Si   *Si*   *2Mi*
cho vengo; que me siga la tambora, que me toquen "El
Mi
Quelite"; después "El niño perdido," y por último "El Tori-
2Si
to" pa'que vean cómo me pinto, ¡Ay, ay, ay! mamá por Dios.
Si   *2Si*   *Si*
Me dicen enamorado pero de eso nada tengo, todos
2Si
me dicen el negro; un negro pero con suerte, porque sí me

salta un gallo, no me le rajo a la muerte.
Si
Soy del mero Sinaloa donde se rompen las olas, y
2Si
busco una que ande sola; y que no tenga marido, pa'no

estar comprometido, cuando resulte la bola.
Si
Severiano Briseño

74

EL HERRADERO

(Canción Ranchera Fox en "Sol")

¡Ay! qué linda, qué rechula es la fiesta de mi
Sol

rancho; con sus chinas, mariachis y canciones y esos
2Sol   *Do*   *2Sol*

charros que traen sombrero ancho.

Qué bonita, esa yegua alazana y pajarera; pa'en-
Sol   *2Sol*

señarles a echar una mangana y montarla y quitarle lo
Do   *2Sol*

matrera.
Sol

Qué bonita es la fiesta del Bajío, qué relindas
2Sol   *Sol*   *2Sol*

sus hembras y su son; rinconcito que guarda el amor mío,
Sol   *2Sol*   *Sol*

¡ay! mi vida tuyo es mi corazón.
2Sol   *Sol*

Y'ora es cuando, valedores a darse un buen

quemón; que esa yegua que viene del potrero, sólo es
2Sol   *Do*   *2Sol*

buena pa'l diablo del patrón.
Sol

Las mujeres, son de fe como todas las po-

trancas; que se engríen y se amansan con su dueño,
2Sol   Do   2Sol
y no saben llevar si no es en ancas.
                                    Sol
     Qué bonita es la fiesta de mi rancho, ¡Ay!
          2Sol   Sol
qué chulas sus hembras y su son; rinconcito que
     2Sol   Sol   2Sol
guarda el amor mío, ¡Ay!, mi vida tuyo es mi
                    Sol   2Sol
corazón.
     Sol 2Sol Sol

Pedro Galindo

ECHAME A MI LA CULPA

(Canción Ranchera en "Sol")

Sabes mejor que nadie que me fallaste, que lo
Sol   *2Sol*   *Sol*
que me prometiste se te olvidó; sabes a ciencia cier-
               2Sol   *Do*   *2Sol*
ta que me engañaste, aunque nadie te amara igual que
yo.
Sol

Lleno estoy de razones pa'despreciarte, y, sin
           2Sol   *Sol*
embargo quiero que seas feliz; que allá en el otro mun-
    2Do   *Do*   *Do-*
do, en vez de infierno te encuentres gloria; y que una nu-
       Sol   *2Re*
be de tu memoria, me borre a mí.
   2Sol   *Sol*

Dile al que te pregunte que no te quise, dile que
  2Sol   *Sol* *2Sol*
te engañaba, que fui lo peor; échame a mí la culpa de lo
              Sol   *2Sol*
que pasa, cúbrete tú la espalda con mi dolor; que allá en
  Sol   *2Do*   *Do*   *Do-*
el otro mundo, en vez de ... etc...

José Angel Espinosa

EL SUBE Y BAJA

(Polka Ranchera en "Mi")

Quiero ser el vaso donde bebes, y besar tu boca azucarada; quiero ser chofer de tu automóvil, y agarrar las curvas de bajada.

Que sube y que baja, que llega hasta el plan;
adónde van los muertos, quién sabe adónde irán.

Quiero ser rimel de tus pestañas, para ver adónde ven tus ojos; quiero ser tu mero, mero dueño y poder cumplirte tus antojos. Que sube y que ...etc...

Quiero ser collar de perlas finas, para estar cer-
quita de tu pecho; quiero ser bilé para tus labios y
ahí cuidar de mis derechos. Que sube y que ...etc...

Felipe Valdez y R. Ortega

EL AGUACERO

(Huapango en "Re")

Se mira relampaguear, el cielo está en-
Re   *Sol*
capotado; vaqueros para el corral, arrien a todo el
Re   *Sol*   *Re*   *2Re*
ganado, la noche se viene encima, procuren pron-
Re
to llegar; mañana en la madrugada, comenzamos a
                                 Sol
labrar.
Re   *Sol*   *Re*   *2Re*
Re

¡Ay! ¡ay! ¡ay! ¡ay!... ¡Ay! ¡ay! ¡ay!...
                      Sol
¡ay! ¡ay! ¡ay!... bendito sea el cielo, llorando te
         Re
quiero muchísimo más y más.
                      2Re

¡Ay! ¡ay! ¡ay! ¡ay!... ¡Ay! ¡ay! ¡ay!
¡ay!... esta noche mi tejado tendrá un olorci-
to a barro ahí la lluvia me irá a arrullar.

Las primeras gotas fueron las de un
                                Re
fuerte chaparrón las que al caer en mi sombre-
    Sol
                        Do

.ro alegran mi corazón ¡Ay!, la, la, la, mi cora-

       2Sol

zón.

Sol

  ¡Ay! ¡ay! ¡ay! ¡ay! ...etc...

      Sol

  Las primeras gotas fueron, las de un

     Sol

fuerte chaparrón; las que al caer en mi sombrero,

        Do

alegran mi corazón, mi corazón; ¡Ay! ¡ay! ¡ay!

     2Sol

¡ay!... mí corazón.

    Sol

Tomás Méndez

E L L A

(Ranchera Vals en "Re")

Me cansé de rogarle, me cansé de decir-
Re
le que yo sin ella de pena muero; ya no quiso escu-
2Re
charme, y sus labios se abrieron fue para decir-
Mi-   2Re-   2Re
me, ¡ya no te quiero!.
Re

Yo sentí que mi vida, se perdía en un abis-
2Sol
mo profundo y negro como mi suerte; quise hallar
Sol
el olvido, al estilo Jalisco, pero aquellos maria-
2Re   Re   2Re-
chis y aquel tequila me hicieron llorar.
2Re   Re

Me cansé de rogarle, con el llanto en
los ojos alcé mi copa y brindé por ella; no
2Re
podía despreciarme, era el último brindis de
Mi-   2Re-   2Re
un bohemio con una reina.

Los mariachis callaron, de mi mano sin
Re

fuerza cayó mi copa sin darme cuenta, ella .
2Sol   Sol
quiso quedarse, cuando vio mi tristeza; pe-
            2Re   Re
ro ya estaba escrito, que aquella noche,
            Mi-   2Re-
perdiera su amor.
2Re   Re 2Re Re

José Alfredo Jiménez

EL MIL AMORES

(Huapango en "Do")

De Altamira, Tamaulipas, traigo esta alegre
   Do   2Do
canción; al son del viejo violín, mis jaranas canto
   Do   2Do
yo, a las mujeres bonitas, que son de mi adoración;
 Do   Fa   Do
de Altamira, Tamaulipas, traigo esta alegre canción.
          2Do   Do

Si la vida es un jardín, las mujeres son las
                2Do
flores; el hombre es el jardinero, que corta de las
Do   2Do
mejores, yo no tengo preferencia, por ninguna de las
 Do   Fa   Do
flores; me gusta cortar de todas, me gusta ser mil
                    2Do
amores.
Do

Dichoso aquel que se casa, y sigue la vacilada;
               2Do   Do
siempre anda jugando contras, a escondidas de su amada,
           2Do   Do
pero más dichoso yo, que no me hace falta nada; tengo
Fa   Do
viudas y solteras, y alguna que otra casada.
   2Do   Do

Cuco Sánchez

EL JINETE

(Huapango en "Re")

Por la lejana montaña, va cabalgando un ji-
Re-
nete; vaga solito en el mundo, y va deseando la muer-
La#   2Re-   Re-
te, lleva en su pecho una herida, va con su alma des-

trozada; quisiera perder la vida, y reunirse con su
La#   La   2Re-
amada.
Re-

La quería más que a su vida, y la perdió
Sol-   Re- Sol-
para siempre; por eso lleva una herida, por eso busca
Re- Sol-   Re-   2Re-
la muerte.
Re-

Con su guitarra en la mano, se pasa no-
ches enteras; hombre y guitarra llorando, a la luz de
La#   La   2Re-
las estrellas, después se pierde en la noche, y aunque la
Re-
noche es muy bella; él va pidiéndole a Dios, que se lo
La#   La   2Re-
lleve con ella.
Re-

José Alfredo Jiménez

EL SAUCE Y LA PALMA

(Ranchera Fox en "Sol")

El sauce y la palma se mecen con calma, sus
Sol   *2Sol*   *Sol*
hojas se visten de un nácar azul; hermoso sombrío
2Sol   *Sol*   *2Do*
del sauce y la palma, ¡alma de mi alma qué linda
Do   *Do-*   *Sol*   *2Sol*
eres tú!
Sol

Al brotar el alba la liebre es ligera, ¡qué lindo
2Sol   *Sol*
es el sol!, que alumbra mi tierra; qué dicha tan gran-
2Sol   *Sol*   *2Do*
de del hombre que espera, a la compañera la dueña de
Do   *Do-*   *Sol*   *2Sol*
su amor.
Sol

Qué largas se me hacen las horas sin verte,
2Sol   *Sol*
joven deliciosa la dueña de mi amor; pareces un
2Sol   *Sol*   *2Do*
ángel bajado del cielo, que le das consuelo a mi
Do   *Do-*   *Sol*
pobre corazón.
2Sol   *Sol*

Canción Popular

85

EL CRUCIFIJO DE PIEDRA

(Huapango en "La")

Cuando la estaba queriendo, cuando la estaba
La-   *2La*   *La*   *2Do*
sintiendo, todita mía la vi partir; me juró que regresa-
Do   *Fa*   *2La Re-*   *La-*
ba, pero todo era mentira, porque ya su alma no era de mí.
Re-   *La-*   *2La*   *La-*

En la noche silenciosa, nos miramos, frente a fren-
    Sol   *Fa*
te, sin hablar; cuando me dijo de pronto, que olvidara su
2La   *La-*
cariño, que no me quería engañar.
Sol   *2La*   *La-*

Fue bajo del Crucifijo, de la torre de una iglesia,
2La   *La-*   *2Do*   *Do*
cuando la luna nos alumbró; yo la estreché entre mis bra-
Fa   *2La Re-*   *La-*
zos, con ganas de detenerla, pero el orgullo me lo impidió.
Re-   *La-*   *2La*   *La-*

Ya solo frente a la iglesia, y llorando, ante el Cris-
    Sol   *Fa*
to, fui a implorar; y al contemplar mi tristeza, el Cruci-
2La   *La-*
fijo de piedra, también se puso a llorar.
Sol   *2La*   *La-*

Hnos. Cantoral

EL ARREO

(Huapango en "La")

La luz de la luna llena, corre por todo el po-
La-   *Sol*
trero; la van siguiendo las nubes, con gotitas de agua-
Do   *Re-*   *La-*   *2La*
cero, cantó el zenzontle llanero, perdido en el matorral;
La-   *Sol*   *Do*
y huyó el coyote matrero, espantado del corral.
Re-   *La-*   *2La*   *La-*

¡Arre!, ¡ pa'lante! vaca pinta, no te apartes del
                           Sol
camino; pa'mí que traes compromiso, con algún toro ladino,
Do   *Re-*   *La-*   *2La*   *La*
luna grande luna llena, eres medalla de plata; quisiera
            Sol   *Do*   *Re-*
verte prendida, en el cuello de mi chata.
La-   *2La*   *La-*

El toro de mi compadre, trae el cuero trasherrao;
                     Sol   *Do*
¡Ay! ¡qué buena está mi ahijada!, pa'qué la habré bauti-
Re-   *La-*   *2La*
zao, desde aquí ya se devisan, las casitas del trigal;
La-   *Sol*   *Do*
y una ventana chiquita, donde puedo platicar.
Re-   *La-*   *2La*   *La-*

Lorenzo Barcelata

ESTA NOCHE

(Ranchera en " Re")

Esta noche me voy de parranda, para ver si
Re
me puedo quitar; esta pena que traigo en el alma, que
2Re
me agobia y que me hace llorar, si me encuentro por
Re
ahí con la muerte, a lo macho no la he de temer; si
2Sol   Sol
su amor lo perdí para siempre, qué me importa la
Sol-   2Re   Re   2La
vida perder.
2Re   Re

Ya traté de vivir sin mirarla, ya luché
2La   la   2La
por no ser infeliz; y tan sólo encontré dos cami-
la   2Re   Re
nos, o lograrla o dejar de vivir.
2La   2Re   Re
Esta noche le doy serenata, no me importa perder o ganar; esta noche le canto a la
2Re
ingrata, tres canciones que la hagan llorar.
Re
Si me matan al pie de su reja, a lo

macho me harían un favor; que más puedo pe-
2Sol   Sol   Sol-
dirle a la vida, que morirme juntito a mi amor.
   Re   2La   2Re   Re
   Ya traté de vivir sin mirarla, ya lu-
    2La   La
ché por no ser infeliz; y tan sólo encontré dos
2La   La   2Re
caminos, o lograrla o dejar de vivir.
 Re   2La   2Re   Re 2Re Re

José Alfredo Jiménez

ESTRELLITA

(Canción Serenata en "Do")

Estrellita de lejano cielo, que sa-
_Do_   _Re-_   _2Do_
bes mi querer, que miras mi sufrir; baja y
                              _Do_
mira si me quiere un poco, porque ya no
                    _Fa_   _Fa-_
puedo, sin su amor vivir.
_Do_   _2Do_   _Do_
Tú eres estrella mi faro de
              _2Do_
amor, tú sabes que pronto he de morir;
_Do_   _2Do_   _Do_
baja y mira si me quiere un poco, porque
                              _Fa_   _Fa-_
ya no puedo yo sin su amor vivir.
        _Do_   _2Sol_ _2Do_ _Do_

Manuel M. Ponce

EL REBELDE

(Canción Ranchera en "Re")

Para qué voy a negarlo, me emborracho
Re
porque sufro; porque tengo aquí en el pecho, mu-
2Re
chas ganas de llorar.
Re
Para qué voy a negarlo, me haces falta

aquí en mi vida; y a pesar de tu perfidia, yo te
2Re
quiero mucho más.
Re
Para qué voy a negarlo, tú eres dueña
2Sol
de mi amor; pero yo soy un rebelde, pero yo soy
Sol   2Re   Re
un rebelde, y prefiero mi dolor.
2La   2Re   Re

Manuel Poumián

EL REY

(Canción Ranchera Vals y Fox en "Fa")

Yo sé bien que estoy afuera, pero el día
Fa
que yo me muera, sé que tendrás que llorar... llorar
2Fa
y llorar... llorar y llorar; dirás que no me quisiste,
pero vas a estar muy triste y así te vas a quedar.
Fa
Con dinero y sin dinero, hago siempre lo
La#
que quiero; y mi palabra es la ley, no tengo trono
2Fa
ni reina, ni nadie que me comprenda; pero sigo
siendo el rey.
Fa
Una piedra en el camino, me enseñó que
mi destino; era rodar y rodar... despúes me dijo
2Fa
un arriero, que no hay que llegar primero, si no hay
que saber llegar.
Fa
Con dinero y sin ...etc...
La#
José Alfredo Jiménez

FALLASTE CORAZON

(Ranchera en "Do")

    Y tú que te creías el rey de todo el mundo, y
      Do   *2Do*   *Do*
tú que nunca fuiste capaz de perdonar; y cruel y des-
                        2Do
piadado de todos te reías, hoy imploras cariño aunque

sea por piedad.
       Do
      ¿A dónde está tu orgullo?, ¿en dónde está el
                             2Do
coraje?,porque hoy estás vencido mendigas caridad; ya
  Do   *2Fa*   *Fa*
ves que no es lo mismo amar que ser amado, hoy que
          Fa-   *Do*
estás acabado, qué lástima me das.
   2Do   *Do*
      Maldito corazón, me alegro que ahora su-
          2Do   *Do*
fras, que llores y te humilles, ante este gran amor; la
              2Do   *Do*
vida es la ruleta en apostamos todos, y a ti te había

tocado nomás la de ganar.; pero hoy tu buena suerte la
 2Fa   *Fa*   *Fa-*
espalda te ha volteado, fallaste corazón, no vuelva a apos-
         Do   *2Do*
tar. *Do*

                            Cuco Sánchez

FLOR SILVESTRE

(Huapango en "Mi")

Flor silvestre y campesina, flor sencilla y
Mi-
natural; nadie te cree una flor fina, por vivir junto
Re   Do
al nopal, no eres rosa, no eres lirio, mucho menos
2Mi   Mi-
flor de lis; tu perfume es mi martirio, y con él me
Re   Do
haces sufrir.
2Mi

Como tú mi flor silvestre, tuve en la sierra
Mi- 2Mi
un amor; nunca supo de la suerte, y sí mucho del do-
Mi- 2Mi   Mi-   Re   Do
lor.
2Mi

Flor humilde flor del campo, que engalanas el
Mi-
zarzal; yo te brindo a ti mi canto, florecita angelical,
Re   Do   2Mi
mientras duermes en el suelo, te proteje el matorral;
Mi-   Re
el cadillo y cornizuelo, forman tu valla nupcial.
Do   2Mi
Siempre has sido mi esperanza, linda
Mi-   2Mi

94

flor espiritual; yo te brindo mi confianza, flore-
        Mi-   *2Mi*   *Mi-*
cita del zarzal.
Re   *Do*   *2Mi*

       Como tú, mi flor silvestre, tuve en la
                                 Mi-' 2Mi
sierra un amor; nunca supo de la suerte, y sí mu-
       Mi- *2Mi*   *Mi-*   *Re*
cho del dolor. ¡Ay!... ¡ay!...
   Do   *2Mi*   *Mi-*

Los Cuates Castilla

GUITARRAS DE MEDIANOCHE

(Canción Ranchera Vals en "Do")

Guitarras de medianoche, que vibran bajo la
Do · · · · · 2Do · · · · · Do · · · · · 2Do
luna; tan luego que den las doce, por donde me oigan sigan
Do
mi voz, y toquen igual que siempre, quedito y con senti-
2Do · · · · Re- · · · 2Re- · · · Re- · · · · · · · · 2Re-
miento; y llenen el pensamiento, poquito a poco de inspira-
Re- · · · 2Do
ción.
Do

Porque esta noche de junio, con toda mi alma quie-
Fa
ro cantar; debajo de esa ventana, que en otros tiempos
2Do
me vio llorar.
Do

Guitarras de medianoche, que siempre que me
2Do · · · · · Do · · · · · · · 2Do
acompañan; la estrella que sale al norte, brilla más fuer-
Do
te que el mismo sol, yo quiero que en esta noche, compren-
2Do · · · · Re- · · · · 2Re · · Re-
dan mi sentimiento; y a luego que den las doce, desgarren
2Re- · · Re- · · 2Do
notas con mucho amor.
Do

José Alfredo Jiménez

96

GABINO BARRERA

(Canción Ranchera en "Do")

Gabino Barrera no entendía razones andan-
do en la borrachera, cargaba pistola con seis carga-
dores le daba gusto a cualquiera; usaba el bigo-
te en cuadro abultado su paño al cuello enredado,
calzones de manta chamarra de cuero traiba pun-
teao el sombrero.

Sus pies campesinos usaban huaraches
y a veces a raíz andaba, pero le gustaba pagar
los mariachis, la plata no le importaba; con una
botella de caña en la mano gritaba: ¡Viva Zapata!
como era ranchero el indio suriano era hijo de buena mata.

Era alto y bien dado muy ancho de es-

paldas su rostro mal encachado, su negra mirada un
2Do   *Fa*
aire le daba al buitre de la montaña; Gabino Ba-
2Do   *Do*
rrera dejaba mujeres con hijos por donde quiera,
                                          2Do
por eso en los pueblos donde se paseaba se la te-
              Fa   *2Do*
nían sentenciada.
            Do
      Recuerdo la noche que lo asesinaron venía
                    Fa   *Fa-*
de ver a su amada, dieciocho descargas de máuser
2Do   *Do*   *2Do*
sonaron sin darle tiempo de nada; Gabino Barrera
Fa   *2Do*   *Do*   *Fa*
murió como mueren los hombres que son braga-
              Fa-   *2Do*   *Do*
dos, por una morena perdió como pierden los ga-
                    2Do   *Fa*
llos en los tapados.
2Do   *Do*
                  Gilberto Parra

GORRIONCILLO PECHO AMARILLO

(Canción Ranchera en "Fa")

Revoloteando el nido destruido, un gorrionci-
Fa
llo pecho amarillo; con sus alitas casi sangrando, su pa-
2Fa   *La#*   *2Fa*
jarita anda buscando.
Fa
Cuando se cansa se para y canta, y hasta

parece que está llorando; luego se aleja y se va can-
2Fa   *La#*
tando, sólo Dios sabe qué va llorando.
2Fa   *Fa*
¡Ay pajarillo!, gorrioncillo pecho amari-
2Fa   *Fa*
llo; nomás de verte ya estoy llorando, porque Dios
2Fa
sabe al estar mirando, que ando sangrando igual
que tú.
Fa

Tomás Méndez

GOLONDRINA DE OJOS NEGROS

(Canción Ranchera en "Fa")

Volverás, golondrina de ojos negros que te
    Fa
vas cruzando el mar; volverás, porque sabes que te
    2Fa
quiero y no te puedo olvidar.
    Fa
Al llegar, a otras playas más lejanas de

mi amor te acordarás; y verás la esmeralda de sus
    2Fa
aguas en tus alas salpicar.
    Fa
Volverás, a buscar calor del nido, que dejas-
    2La#
te en el olvido nuevamente volverás; ya verás, cuan-
    La#   *La#-*   *Fa*
do sientas el hastío, de otras tierras volverás.
    2Fa   *Fa*

Víctor Cordero

GUADALAJARA

(Son Jalisciense en "La")

Guadalajara, Guadalajara, Guadalajara, Gua-

La   *Fa*
dalajara; tienes el alma de provinciana, hueles a lim-

La   *Re*
pio a rosa temprana; a verde jara fresca del río, son

     2La   *La*
mil palomas tu caserío, ¡ Guadalajara, Guadalajara;

  2La   *La*
hueles a pura tierra mojada!

               Fa   *La*
¡Ay!, ¡ay! ¡ay! ... ¡ Ay!, ¡ay! ¡ay! ...¡Ay!,

      2La   *La*   *2La*   *La*   *2La*
¡ay! ¡ay! ... ¡ Ay!, ¡ay! ¡ay!

    La   *2La*   *La*
¡Ay! Colomitos lejanos, ¡Ay!, ojitos de agua

    2Mi   *Mi*   *2Mi*
hermanos; ¡Ay! Colomitos inolvidables, inolvidables

 Mi   *2Mi*   *Mi*   *2Mi*
como las tardes; en que la lluvia desde la loma, no nos

      Mi   *2Mi*   *Mi*
dejaba ir a Zapopan.

 2Mi   *Mi*
¡Ay! Zapotitlán del alma, nunca escuché

    2Mi   *Mi*   *2Mi*
otras campanas; como las graves de tu convento,

   Mi   *2Mi*   *Mi*

                    2Mi   Mi   2Mi
donde se alivian los sufrimientos, bajo la nave el
        Mi   2Mi   Mi
misal abierto;en que son frailes,mis pensamientos.

         2Mi   Mi   2Mi
    ¡Ay! Tlaquepaque pueblito, tus olorosos ja-
 Mi   2Mi   Mi
rritos hacen más fresco el dulce tepache como la
2Mi   Mi   2Mi
birria junto al mariachi que en los parianes y al-
        Mi   2Mi   Mi
farerías suena con triste melancolía.

          Mi   2Mi   Mi
    ¡Ay! Laguna de Chapala, tienes de un cuento
        2Mi   Mi 2Mi
la magia; cuentos de ocasos y de alboradas, enamora-
 Mi   2Mi   Mi   2Mi
das noches lunadas; quieta Chapala es tu laguna,no-
        Mi   2Mi   Mi
via romántica como ninguna.

     2Mi   Mi
    ¡Ay!,¡ay! ¡ay! ... ¡ay!....etc...¡Guadalajara!
        2La   La   2La   Fa
¡Guadalajara! .
              La 2La La
                        Pepe Guizar

HACE UN AÑO

(Ranchera Vals en "Fa")

Hace un año que yo tuve una ilusión, hace
Fa   2Fa   Fa
un año que se cumple en este día; y recuerdo que
                                            2Fa
en tus brazos me dormía, y que inocente, y muy
            La#   Fa   2Fa
confiado te entregué mi corazón.
                              Fa

Ese tiempo tan feliz no volverá, mi cariño
                              2Fa   Fa
lo pagaste con traiciones; me has dejado sólo crue-
                  2Fa   La#
les decepciones, pero anda ¡ingrata!, como pagas
        Fa   2Fa
otro así te pagará.
        Fa

El recuerdo de tu amor quiero olvidar, me
                              2Fa   Fa
quisiera emborrachar de sentimiento; te quisiera
                              2Fa
yo borrar del pensamiento, pero es inútil, pues bo-
        La#   Fa   2Fa
rracho más y más me he de acordar.
                  Fa

Pero el tiempo es justiciero y vengador,
                  2Fa   y   Fa

y a pesar de tu hermosura placentera; si hoy te
                                            2Fa
sobran muchos hombres que te quieran, verás
                      la#   Fa
más tarde, no habrá nadie que se acuerde de
         2Fa
tu amor.
         Fa 2Fa Fa

Felipe Valdez Leal

IMPLORACION

(Ranchera en " Mi ")

Yo te vengo a pedir, virgencita de Talpa;
Mi   2Mi
que me vuelva a querer, que no sea ingrata, he veni-
Fa#   2Mi   Mi
do a tu altar, a pedirte el milagro; de que no me
2Fa#   Fa#   La-
abandone, su corazón.
Mi   2Si 2Mi Mi
Con santa devoción, y arrodillado; imploro
2Do#   Do#-
tu perdón, a mi pecado, tú que todo lo puedes, has
2Do#   Do#-   2Si
que regrese; que vuelva a ser como antes, y que
Si   2Si
me bese.
2Mi
Y si no me la traes, es mejor que se mue-
Mi   2Fa#   Fa#-
ra; ya que su alma no es mía, que sea de Dios.
La-   Mi 2Si 2Mi   Mi

105

JUAN CHARRASQUEADO

(Ranchera Fox en "Re")

Voy a cantarles un corrido muy mentado, lo
Re   *2Re*   *Re*
que ha pasado allá en la hacienda de la Flor; la triste
         2Re
historia de un ranchero enamorado, que fue borracho,

parrandero y jugador.
       Re
Juan se llamaba y lo apodaban Charrasquea-
       2Re   *Re*
do, era valiente y arriesgado en el amor; a las mujeres
       2Re
más bonitas se llevaba, de aquellos campos no dejaba

ni una flor.
       Re
Un día domingo que se andaba emborrachan-
       Sol
do, a la cantina le corrieron a avisar; cuídate Juan que
       Re
ya por ahí te andan buscando, son muchos hombres no
       2Re
te vayan a matar.
       Re
No tuvo tiempo de montar en su caballo,
       Sol

pistola en mano se le echaron de a montón; estoy

                                                 Re

borracho les gritaba y soy buen gallo, cuando una ba-

                                         2Re

la atravesó su corazón.

                             Re

       Creció la milpa con la lluvia en el potrero,

                             2Re   *Re*

y las palomas van volando al pedregal; bonitos toros

                                  2Re

llevan hoy al matadero, qué buen caballo va montando

el caporal.

       Re

       Ya las campanas del santuario están doblan-

                             2Re   *Re*

do, todos los fieles se dirigen a rezar; y por el cerro

                               2Re

los rancheros van bajando, a un hombre muerto que

lo llevan a enterrar.

       Re

       En una choza muy humilde llora un niño, y

                        Sol

las mujeres se aconsejan y se van; sólo su madre lo

                                     Re

consuela con cariño, mirando al cielo llora y reza por

       2Re

su Juan.

Re

Aquí termino de cantar este corrido, de

Sol

Juan ranchero El Charrasqueado burlador; que

Re

se creyó de las mujeres consentido, y fue borra-

2Re

cho, parrandero y jugador.

Re *2Re* *Re*

Víctor Cordero

LUNA DE OCTUBRE

(Canción Ranchera en "Mi")

De las lunas, la de octubre es más hermosa;
Mi-   2Mi
porque en ella, se refleja la quietud, de dos almas que
                              Mi   2La
han querido ser dichosas; al arrullo, de su plena juven-
              La-   Mi-   2Mi
tud.
Mi

Corazón, que has sentido el calor de una lin-
da mujer; en las noches de octubre, corazón, que has sabi-
                    2Mi   Fa#-
do sufrir; y has sabido querer, desafiando al dolor.
2Mi   La   2Mi   Mi

Hoy que empieza la vida, tan sólo al pensar, que
tu amor se descubre; el castigo de ayer, que me diste
              2Mi   Fa#-
tan cruel, parece que murió.
2Mi   Mi

Si me voy, no perturbes jamás la risueña
ilusión; de mis sueños dorados, si me voy, nunca
                    2Mi   Fa#-
pienses jamás, que es como único fin, de estar le-
2Mi   La   2Mi

109

jos de ti.
     Mi

     Viviré, con la eterna pasión que sentí, des-
               2La   La
de el día en que te vi; desde el día en que soñé,
               Mi   2Mi
que serías para mí.
          Mi

          José A. Michel

LA ENORME DISTANCIA

(Canción Ranchera en "Sol")

Estoy tan lejos de ti, y a pesar de la enorme
distancia; te siento juntito a mí, corazón, corazón, alma
con alma; y siento en mi ser tus besos, no importa que
estés tan lejos.

Estoy pensando en tu amor, y a lo loco platico
contigo; te cuento de mi dolor, y aunque me hagas feliz, no te lo digo; y vuelvo a sentir tus besos, no importa que estés tan lejos.

El cielo empieza a clarear, y mis ojos se llenan de sueño; contigo voy a soñar, porque quieran o no,
yo soy tu dueño; y siempre tendré tus besos, no importa que estés tan lejos.

José Alfredo Jiménez

LA LLORONA

(Canción Huapango en " Mi ")

No sé que tienen las flores llorona, las flo-
Mi-   La-   Mi-
res del camposanto; que cuando las mueve el vien-
        2Mi   Mi-   Re
to llorona, parece que está llorando.
        Do   2Mi
¡Ay!, de mi llorona, llorona tú eres mi shunca;
Mi-   La-   Mi-   2Mi
me quitarán de quererte llorona, pero de olvidarte nun-
Mi-   Re   Do   2Mi
ca.

Dos besos llevo en el alma llorona, que no se
        Mi-   La-   Mi-
apartan de mí; el último de mi madre llorona, y el
        2Mi   Mi-   Re
primero que te di.
Do   2Mi
¡Ay!, de mi llorona, llorona de azul celeste;
Mi-   La-   Mi-   2MI
aunque la vida me cueste, llorona no dejaré de
Mi-   Re   Do
quererte.
2Mi   Mi-

Canción Popular

LAGUNA DE PESARES

(Canción Ranchera en "Mi")

Por mis canciones sabrás, cómo me la
ando pasando; rumbos y amores distintos, ando en
el mundo probando; ya ves mancornadora, a qué te
supo este trago.

Con quién te quejas, si tu mal te lo bus-
caste; y a quién le importa, tus lagunas de pesares, has de entender; que en amor debemos ser
pares, ahórrame el sentimiento, de verte llorando
por mí.

Tomás Méndez

LA DEL REBOZO BLANCO

(Huapango en "Sol")

Ese rebozo blanco que lleva puesto, y
Sol-   *2la#*

entre bromas y risas viene luciendo; nadie sa-
                        La#   *2Sol*

be, las penas que va cubriendo, nadie sabe las
                              Sol-   *2Re*

penas que lleva adentro.
2Sol   *Sol-*

Sufre su orgullo herido por el desprecio,

y en vez de arrinconarse triste a llorar; hoy se
 2la#   *La#*

viste de bodas como una novia, con su rebozo blan-
2Sol   *Sol-*   *2Re*

co para cantar.
2Sol   *Sol-*

¡Ay quién pudiera!, debajo de un rebozo,
           Re#   *2Sol*   *Sol*

cariño mío tapar las penas; debajo de un rebozo,
   2Do   *Do*   *2Sol*   *Sol*

tapar las penas.
2Sol   *Sol*

La del rebozo blanco ahora le dicen, por-
                                        2la#

que la ven vestida toda de azahar; y es que mu-
Sol-   *2Sol*
    La#

chos quisieran verla de negro, y es que muchos
Sol-   *2Re*

quisieran verla llorar.
2Sol   *Sol-*

     Aunque le han destrozado toda su vida,

aunque siembre de luto por dentro va; ella todo lo
2la#   *la#*   *2Sol*

cubre con su rebozo, y no le importa el mundo ni
         Sol-   *2Re*   *2Sol*

su maldad.
       Sol-

     ¡Ay!, quién pudiera, debajo del rebozo ca-
                 Re#   *2Sol*   *Sol*

riño mío tapar las penas; debajo del rebozo, ta-
    2Do   *Do*   *2Sol*   *Sol*   *2Sol*

par las penas.
     Sol

R. Fuentes - Cárdenas

LA BIKINA

(Son Jalisciense en "Re")

Solitaria camina la Bikina, la gente se
    Re   *2Si*   *Si-*
pone a murmurar; dicen que tiene una pena, dicen
          Do   *Sol*   *2Re-*   *Re*   *2La*
que tiene una pena que la hace llorar.
                                 2Re-

    Altanera preciosa y orgullosa, no permite
       Re   *2Si*   *Si-*
la quieran consolar; pasa luciendo su real majes-
            Do   *Sol*   *2Re*   *Re*
tad, pasa camina los mira sin verlos jamás.
Sol *Re*   *2La*   *2Re-*   *Re*
    La Bikina, tiene pena y dolor; la Bikina,
    La# *2Fa* *Fa* *2Fa*   *Fa* *La#* *2Fa* *Fa*
no conoce el amor.
La#   *2Re-*
    Por la playa camina la Bikina, la gente se
      Re   *2Si*   *Si-*
pone a murmurar; dicen que alguien ya vino y se fue,
        Do   *Sol*   *2Re*   *Re*   *Sol*
dicen que pasa las noches llorando por él; dicen que pa-
Re   *2La*   *2Re-*   *Re*
sa las noches llorando por él, dicen que pasa las no-
   2Re-   *Re*   *2Re-*
ches llorando por él.
     Re *2Re* *Re*

Rubén Fuentes

LA PALMA

(Ranchera Vals en "Sol")

       Aquí guardo un sentimiento, que me agobia
    Sol
y que me mata; de acordarme de la ingrata, que trató
  2Sol
de abandonarme, no quisiera ni acordarme, de la ingra-
    Sol   2Sol   Sol
ta y cruel mujer; que siendo yo su querencia, no me
       2Sol
supo corresponder.
    Sol
       Yo le pregunté a la palma, que si estaba en

el floreo; pa'mandarle por correo, cuatro suspiros del
  2Sol
alma, pobrecita de la palma, con el sol se marchitó;
Sol   2Sol   Sol   2Sol
así se marchita el alma, cuando tú le dices que no.
                                   Sol

Manuel Castro Padilla

117

LA PARRANDA

(Ranchera Fox en "Sol")

¡Ay!, cuánto me gusta el gusto, y toda la

Sol
parranda; y todo se me va en beber, qué haré para

2Sol
enamorar a esa pérfida mujer.

Sol

Bello es amar, a una mujer, a una mujer,

2Sol   Do
que sepa amar; porque el amor, es traicionero, soy

2Sol   Sol   2Do   Do Do-
parrandero para qué lo he de negar.

Sol   2Sol   Sol

Pero ¡ay!, Jesús, qué voy a hacer; si en

2Sol
el amor, todo es perder; porque el amor es traicio-

Sol   2Do
nero, soy parrandero para qué lo he de negar.

Do   Do-   Sol   2Sol   Sol

Gabriel Ruiz

LA QUE SE FUE

(Ranchera en "La")

Tengo dinero en el mundo, dinero maldito que
La   2La   La
nada vale; aunque me miren sonriendo, la pena que trai-
2La
go ni Dios la sabe.
          La
Yo conocí la pobreza y allí entre los pobres
          2La   La   2Re
jamás lloré, yo pa'que quiero riquezas; si voy con el al-
Re   2La   La   2La
ma perdida y sin fe, yo lo que quiero es que vuelva;
          La   Re   2La   La
que vuelva conmigo, la que se fue.
          2La   La
Si es necesario que llore, la vida completa
              2La   La
por ella lloro; de qué me sirve el dinero, si sufro una
2La
pena y estoy tan solo, puedo comprar mil mujeres, y dar-
              La   2La   La
me una vida de gran placer; pero el cariño comprado, ni
2Re   Re   2La   La
sabe querernos ni puede ser fiel; yo lo que quiero es que
2La   La Re   2La
vuelva, que vuelva conmigo, la que se fue.
La   2La Re 2La   La

José Alfredo Jiménez

119

LA EMBARCACION

(Ranchera en "Do")

Ya se va la embarcación, ya se va por

Do   2Do   Do

vía ligera; se lleva a mi compañera, a la dueña de

  2Do   Do   2Do

mi amor, no lloro porque te vas, ni lloro porque te ale-

Do   2Do   Do   2Do

jas; lloro porque a mí me dejas, herido del corazón.

      Do   2Do   Do

Al otro lado del río, tengo una tienda

     2Do   Do

en unión; con un letrero que dice: "Ya se va la embar-

2Do   Do   2Do

cación".

Do

Despedida no les doy, porque no la

    2Do   Do

traigo aquí; se las dejé en California pa'que se

2Do   Do   2Do

acuerden de mí.

Do

Ya se va la embarcación...

     2Do   Do

Hnos. Samperio

LA CALANDRIA

(Ranchera Fox en "Si")

En una jaula de oro, pendiente de un bal-
si
cón; se hallaba una calandria, cantando su dolor, has-
2si   *si*
ta que un gorrioncillo, a su jaula llegó; si usted puede sacarme, con usted yo me voy.
2si   *si*

Y el pobre gorrioncillo, de ella se enamo-
Mi   *2si*
ró; y el pobre como pudo, los alambres rompió, y la
si   *2si*   *si*
ingrata calandria, después que la sacó; tan luego se
Mi   *2si*   *si*
vio libre, voló, voló y voló.
2si   *si*

El pobre gorrioncillo, todavía la siguió; pa'
ver si le cumplía, lo que le prometió, la malvada
2si   *si*
calandria, esto le contestó; yo a usted no lo conoz-
2si
co, ni presa he sido yo.
si

Y triste el gorrioncillo, luego se regresó;
Mi   *2si*   *si*

se paró en un manzano, y lloró, lloró y lloró, y
2si   si
ahora en esa jaula, pendiente del balcón; se
Mi   2si   si
encuentra el gorrioncillo, llorando su dolor.
2si   si

Manuel Hernández

LAS ISABELES

(Ranchera en "Do")

Del corazón de una palma, nacieron las
_Do_
Isabeles; delgaditas de cintura, y del corazón alegres,
_2Do_   _Do_
al pasar un arroyuelo, a la sombra de un laurel; juntaba
                                              _2Do_
cabellos de oro, donde se peinó Isabel.
                              _Do_
Ven, querida ven, abrazarás a mi corazón; y
                      _2Do_   _Do_
por mucho que tú me digas, no es ninguna satisfacción.
      _Fa_   _2Do_   _Do_
Qué bonitos labios tienes, labios color de

manzana; si tú me correspondieras, yo te probaría
_2Do_
mañana, qué bonitos dientes tienes, dientes color
_Do_
de marfil; yo me casaría contigo, primero por el civil.
  _2Do_   _Do_
Esta es la canción, es la canción de la
                                      _2Do_
Isabel; que es tan linda como una rosa, y tan bella
  _Do_   _Fa_   _2Do_
como un clavel.
      _Do 2Do Do_   _Luis Pérez Meza_

LA NORTEÑA

(Ranchera Fox en "La")

Tiene los ojos tan zarcos, la norte-
ña de mis amores; que si miro dentro de ellos, me
parecen los destellos, de las piedras de colores.

Cuando se miran contentos, me pare-
cen un jardín de flores; y si lloran me parece que se
van a deshacer, linda no llores.

Verdes son, cual del monte la falda;
verdes son, del color de esmeralda, sus ojitos me
miraron y esa noche me mató con su mirada.

Yo no sé, lo que tienen tus ojos; si
me ven, con las luces del querer, y si lloran me parece que se van a deshacer, ¡ Linda no llores!

F. Elizondo

124

LA PELEA DE GALLOS

(Huapango en "La")

A la feria de San Marcos, del merito
Aguascalientes; van llegando los valientes, con su
gallo copetón; y lo traen bajo del brazo, al solar de
la partida; pa'jugarse hasta la vida, con la fe en
un espolón.

Linda la pelea de gallos, con su público
bravero; con sus chorros de dinero, y los gritos del
gritón, retozándonos el gusto, con tequila y cantadoras;
no se sienten ni las horas, que son puro corazón.

¡Ay, Fiesta bonita!, hasta el alma grita;
con todas sus fuerzas: ¡Viva Aguascalientes!, que su
feria es un primor.

Ya comienza la pelea, las apuestas ya

casadas; las navajas amarradas, centelleando bajo el
La-   2Do
sol, cuando sueltan a los gallos, temblorosos de coraje;
Do   2La   La-
no hay ninguno que se raje, para darse un agarrón.
     2La   La-

  Con las plumas relucientes, y apretando
         2La
picotazos; quieren hacerse pedazos, pues traen ganas
La-   2DO
de pelear, en el choque cae el giro, sobre el suelo en-
   Do   2La
sangrentado; ha ganado el colorado, que se pone ya
   La-   2La
a cantar.
La-

  ¡Ay, Fiesta bonita!, hasta el ...etc...
  2Do   Do

Juan S. Garrido

LAS GOLONDRINAS

(Serenata en "Re")

Vinieron en tardes serenas de estío, cruzan-

Re-   2Re-do   Re-

do los aires con vuelo veloz; y en tibios aleros forma-

2Fa   Fa   2Re-

ron sus nidos, formaron sus nidos piando de amor.

Re-   2Re-   Re-

¡Qué blancos sus pechos!, ¡sus alas qué inquie-

2Fa   Fa

tas!, qué inquietas y leves abriéndose en cruz; y cómo

2Re-   Re-

alegraban, las tardes aquellas, las tardes aquellas baña-

La#   Re-   2Re-

das de luz.

Re

Así es la mañana jovial de mi vida, vinieron

en alas de la juventud; amores y ensueños como golon-

2Re   Mi-

drinas, como golondrinas bañadas en luz, mas trajo el

2Re   2La   2Re-   Re

invierno su niebla sombría; la rubia mañana llorosa se

2Sol   Sol   2La

fue, se fueron los sueños y las golondrinas, y las go-

2Re   Sol   Re

londrinas se fueron también.

2La   2Re   Re

Ricardo Palmerín

LOS LAURELES

(Canción Ranchera en "Sol")

¡Ay!, qué laureles tan verdes, qué flores tan
Sol
encendidas; si piensas abandonarme, mejor quítame la
2Sol   *Do*   *2Sol*
vida; alza los ojos a verme, si no estás comprometida.
Sol   *2Sol*   *Sol*
Eres rosa de castilla, que sólo en mayo se ve;
2Sol
quisiera hacerte un invite, pero la verdad no sé; si tie-
Do   *2Sol*   *Sol*
nes quien te lo evite, mejor me separaré.
2Sol   *Sol*
Eres mata de algodón, que vives en el capullo;
2Sol
¡ay!, qué tristeza me da, cuando te llenas de orgullo;
Do   *2Sol*
de ver a mi corazón, enredado con el tuyo.
2Sol   *Sol*
Ahí les va la despedida, indita por tus amo-
2Sol
res; la perdición de los hombres, son las malditas mu-
Do   *2Sol*
jeres; aquí se acaban cantando, los versos de los laure-
Sol   *2Sol*
les.
Sol

M. Marbosa

LA NEGRA NOCHE

(Canción Danza en "Fa")

La negra noche tendió su manto, surgió la
Fa
niebla murió la luz; y en las tinieblas de mi alma
2Fa
triste, como una aurora brotaste tú.
Fa
Ven e ilumina la árida senda, por donde vaga
2La#
loca ilusión; dame tan sólo una esperanza, que forti-
La#   La#-   Fa
fique mi corazón.
2Do   2Fa   Fa
Ya veo que asoma, tras la ventana, su rostro
2Fa   Fa
de ángel encantador; siento la dicha, y dentro de
2Fa   Fa 2La#   La#
mi alma; ya no hay tinieblas, ya no hay triste-
La#-   Fa   2Do
zas, ya salió el sol.
2Fa   Fa

Canción Popular

LA NOCHE DE MI MAL

(Canción Ranchera en "Do")

No quiero ni volver a oír tu nombre, no quiero
Do
ni saber a dónde vas; así me lo dijiste aquella noche,
2Do
aquella negra noche de mi mal.
Do
Si yo te hubiera dicho no te vayas, qué triste
2Fa
me esperaba el porvenir; si yo te hubiera dicho: no me
Fa   Fa-
dejes, mi propio corazón se iba a reír.
Do   2Do   Do
Por eso fue, que me viste tan tranquilo, cami-
2Do
nar serenamente bajo un cielo más que azul; des-
Do
pués ya ves, me aguanté hasta donde pude; y acabé
2Do
llorando a mares, donde no me vieras tú.
Do
Si yo te hubiera dicho no te... etc...

José Alfredo Jiménez

LA CASITA

(Canción Danza en "Mi")

Que de donde amigo vengo, de una casita que ten-
Mi
go más abajo del trigal; de una casita chiquita, para una
2Mi   *La 2Mi*
mujer bonita, que me quiera acompañar.
La   *2Mi*   *Mi*

Tiene en el frente unas parras, donde cantan las

cigarras y se hace polvito el sol; un portal hay en el
2La   *La*   *La-*
frente, en el jardín una fuente y en la fuente un caracol.
Mi   *2Si*   *2Mi*   *Mi*

Hiedras la tienen cubierta, y un jazmín hay en

la huerta que las bardas ya cubrió; en el portal una
2Mi
hamaca, en el corral una vaca y adentro mi perro y yo.
La 2Mi   *La*   *2Mi*   *Mi*

Bajo un ramo que la tupe, la virgen de Guadalu-

pe está en la sala al entrar; ella me cuida si duermo, me
2La   *La*   *La-*   *Mi*
vela si estoy enfermo y me ayuda a cosechar.
2Si   *2Mi*   *Mi*

Más adentro está la cama, muy olorosa a retama

limpiecita como usted; tengo también un armario,
      2Mi   *La 2Mi*

un espejo y un canario, que en la feria me merqué.
            La   *2Mi*   *Mi*

     Pues con todo y que es bonita, que es muy chula

mi casita siento al verla no sé qué; me he metido en
               2La   *La*   *La-*

la cabeza, que hay allí mucha tristeza, creo que porque
  Mi   *2Si*   *2Mi*

falta usted.
     Mi

     Me hace falta allí una cosa, muy chiquita y muy

graciosa más o menos como usted; pa'que le cante al
                                   2Mi

canario, eche ropa en el armario y aprenda lo que yo sé.
La 2Mi   *La*   *2Mi*   *Mi*

     Si usted quiere la convido, pa'que visite ese nido

que hay abajo del trigal; le echo la silla a lucero, que nos
       2La   *La*   *La-*

llevará ligero hasta en medio del corral.
   2Si   *2Mi*   *Mi*

     Y si la noche nos coge, y hay tormenta que nos

moje tenga usted confianza en Dios; que en casa chi-
                     2Mi

ca y extraña, no nos faltará la maña, pa'vivir allí los
       La 2Mi

dos.
Mi

132

LA ADELITA

(Canción Ranchera en "La")

En lo alto de una abrupta serranía, acampa-
La
do se encontraba un regimiento; y una moza que va-
2La
liente lo seguía, locamente enamorada de un sargento.
La

Popular entre la tropa era Adelita, la mujer que

el sargento idolatraba; porque a más de ser valiente
Mi   *2Mi*
era bonita, y hasta el mismo coronel la respetaba.
Mi   *2Mi*   *Mi*

Pues sabía, que decía, aquél que tanto la que-
2La   *La-*   *Fa*
ría: si Adelita quisiera ser mi novia, y si Adelita fue-
2La   *La*   *2La*   *La*
ra mi mujer; le compraría un vestido de seda, para lle-
2La   *La*
varla a bailar al cuartel.
2La   *La*

Una noche que la escolta regresaba, condu-

ciendo entre sus filas al sargento; en la voz de una
2La
mujer que sollozaba, la plegaria se escuchó en el cam-

pamento.

     La

    Al oírla el sargento temeroso, de perder para

siempre a su adorada; ocultando su emoción bajo el em-
           2La   2Mi

bozo, a su amada le cantó de esta manera:
Mi   2Mi   Mi

    Y se oía, que decía, aquél que tanto la quería; si
          2La   La-   Fa   2La

Adelita se fuera con otro, la seguiría por tierra y por mar;
La   2La   La   2La

si por mar en un buque de guerra, si por tierra en un
                       La   2La

tren militar.

     La

    Y después que terminó la cruel batalla, y la

tropa regresó a su campamento; por las bajas que cau-
                   2La

sara la metralla, muy diezmado se encontraba el regi-

miento. Recordando aquel sargento sus quereres, los sol-
 La

dados que volvían de la guerra; ofreciéndoles su amor
                   2La   2Mi

a las mujeres, entonaban este himno de la guerra.
    Mi   2Mi   Mi

Y se oía que decía aquél que tanto la
2La · La- · Fa
quería: Y si acaso yo muero en campaña, y
2La · La · 2La · La
mi cadáver en la sierra va a quedar; Adelita
2La
por Dios te lo ruego, que con tus ojos me va-
La · 2La
yas a llorar.
La

Castro Padilla

LAS DOS HUASTECAS

(Huapango en "La")

Tú eres jarocho moreno, yo soy jaibo y soy
triqueño; tú eres rey del Papaloapan, y yo del Pánuco
dueño; te invito veracruzano a tierras Tamaulipecas,
para que hagamos un pacto y unamos nuestras Huastecas, tú eres jarocho moreno; yo soy... etc...

Si aceptas veracruzano, a Tamaulipas de amigo; verás en el firmamento, lo que enseguida te digo:
con letras de oro grabadas, ocho sílabas escritas; de
dos Huastecas unidas, Veracruz y Tamaulipas, veracruzano moreno, tamaulipeco triqueño.

Tú tienes tu Papaloapan, yo tengo mi Tame-
sí; allá surge el pez de plata, al igual que por
aquí, mujeres veracruzanas, y también tamau-

136

lipecas; serán de nuestras Huastecas, florecí-
Do   2la
tas mexicanas; veracruzano moreno, tamau-
La-   2la
lipeco trigueño, mujeres veracruzanas y tam-
La-   2la
bién Tamaulipecas.
La-

¡Dos Huastecas!
2la   La-

E. Alarcón Leal

LA FERIA DE LAS FLORES

(Canción Ranchera Vals en "Si")

Me gusta cantarle al viento, porque vuelan
Si *2Si*
mis cantares; y digo lo que yo siento, por toditos los
Si *2Si*
lugares, aquí vine porque vine, a la feria de las flores;
Si *2Si*
no hay cerro que se me empine, ni cuaco que se me
atore.
Si

En mi caballo retinto, he venido de muy lejos;
2Si *Si*
y traigo pistola al cinto, y con ella doy consejos, atra-
2Si *Si*
vesé las montañas, pa' venir a ver las flores; aquí hay
2Si
una rosa huraña, que es la flor de mis amores.
Si

Y aunque otro quiera cortarla, yo la devisé prime-
2Si *Si*
ro, y juro que he de robarla, aunque tenga jardinero, yo la
2Si *Si*
he de ver trasplantada, en el patio de mi casa; y si vie-
2Si
ne el jardinero, pues a ver a ver qué pasa.
Si

Chucho Monge

LA TEQUILERA

(Canción Ranchera Fox en "Sol")

Borrachita de tequila llevo siempre el alma
Sol
mía, para ver si se mejora esta cruel melancolía; co-
2Sol Do 2Sol   Sol   2Sol   Sol
mo buena mexicana sufriré el dolor tranquila, al fin
                                           2Sol Do
y al cabo mañana tendré un trago de tequila.
2Sol   Sol   2Sol   Sol
¡Ay!, por ese querer, pues qué le he de ha-

cer; si el destino me lo dio, para hacerme padecer.
2Sol Do   2Sol   Sol   2Sol   Sol
Me llaman la tequilera como si fuera de

pila, porque a mí me bautizaron con un trago de
2Sol Do   2Sol   Sol   2Sol
tequila; ¡ay!, ya me voy mejor, pues que aguardo
Sol
aquí; dizque por la borrachera, dicen todo lo perdí.
2Sol Do   2Sol   Sol   2Sol   Sol
¡Ay!, por ese querer, pues qué le...etc...

Alfredo DiOray

LLEGANDO A TI

(Canción Ranchera en " Re ")

Poco a poco me voy acercando a ti, poco a poco,
Re   *2Re*   *Re*
la distancia se va haciendo menos; yo no sé si tú vives
                              2Re   *Sol*   *2Re*
pensando en mí, porque yo, sólo pienso en tu amor y en
               2Re-   *2Re*
tus besos.
Re

¡Qué bonito!, es querer como quiero yo, ¡Qué bo-
                                        2Re   *Re*
nito!, entregarse todito completo; yo no sé ni pregunto
                              2Re   *Sol*   *2Re*
cómo es tu amor, pero a ti como a mí no nos cabe en el
                        2Re-   *2Re*
pecho.
Re

No me digas, que no sufriste, que no extrañas-
           Sol
te todos mis besos; no me digas, que no lloraste,
                     Re   *Sol*
algunas noches que estuve lejos.
                     2La   *2Re*

Poco a poco me voy acercando a ti, poco a
           Re   *2Re*   *Re*
poco se me llenan los ojos de llanto; ¡Qué bonito!
                                   2Re   *Sol*

es llorar cuando lloro así, con tu amor junto a ti
        2Re   *2Re-*   *2Re*
y adorándote tanto.
        Re

     No me digas, que no sufriste, que no ex-
        Sol
trañaste todos mis besos; no me digas, que no llo-
              Re   *Sol*
raste, algunas noches que ... etc...

           José Alfredo Jiménez

MI DESTINO FUE QUERERTE

(Canción Ranchera en "Do")

Do
¡Ay!, qué suerte tan negra y tirana es la mía, al
2Do   Do
haberte encontrado a mi paso una vez; tan feliz y con-
2Do
tento que sin ti vivía, cuando yo ni siquiera en tu nombre soñé.
Do
Hasta que una mañana fatal de mi vida, el des-
Fa
tino te enviara mi suerte a cambiar; al instante sen-
2Do   Do
tí que tu imagen querida, ya jamás de mi mente se
2Do
habría de borrar.
Do
Tiempo aquél tan alegre de mi primavera,
2Do   Do
cuando ni una tristeza mi vida manchó; cuántos años
2Do
pasaron cual dulce quimera, cuando ni una desdicha
mi vida empañó.
Do
Si el destino fatal me persigue y me guía, en-
Fa

camina mi senda donde haya dolor; si el amarte es
2Do
contigo tan sólo agonía, yo maldigo la vida y maldi-
Do
2Do
go tu amor.
Do

Yo no sé qué misterio se encierra en tu
2Do
vida, que jamás he podido tu amor comprender; yo
Do
2Do
ya tengo la fe y la esperanza perdidas, aunque jures

mil veces que me has de querer.

Para que me creí de tus besos de fuego,
Do
Fa
para que me creí de tus besos de amor; si en tus
2Do
Do
labios me diste el veneno malevo, yo maldigo la
2Do
vida y maldigo tu amor.
Do

MI PREFERIDA

(Ranchera Vals en "Mi")

Vengan canciones que ando contento, para olvidarme
de un sentimiento; quiero que toquen mi preferida, para
que pueda alegrarme la vida.

Dentro del alma traigo yo un hueco, y una querencia que me trae chueco; choquen las copas ahora que hay
modo, que al fin y al cabo qué importa todo.

Aunque me aprieten muy fuerte el cincho, de puro
gusto hasta relincho; pues los amores que me entretie-
nen, como las olas del mar van y vienen.

Ando contento se los repito, y tengo ganas de
echar un grito; porque esa ingrata no se me olvida, cuando me tocan mi preferida.

Pedro Galindo

144

MALDITA SEA MI SUERTE

(Ranchera en "Mi")

Ahora les voy a cantar, a las niñas por bo-
Mi
nitas; a las viejas por viejitas, y a mi amor por olvidar, cuántas flores en el plan, cuántas aves en el
2Mi
cielo; cuántas tórtolas en vuelo, pero cuánto gavilán.

            Mi
Zopilotes a volar, presumido gavilán, las pa-
            2Mi
lomas de San Juan lo pueden desplumar; sólo quiero
        Mi
contemplar, tus ojitos y besar, tu boquita sin igual que
        2Mi
me hace tanto mal.
    Mi
Maldita sea mi suerte mi vida, mi vida me
la han robado; pero a mí me han dejado, mi amor que
    2Mi   *La*   *Mi*
te quiere y te buscará.
    2Mi   *Mi*
Dame de despedida mi vida, mi vida nomás
un beso; ahora te doy mi vida, mi vida, mi vida te en-
    2Mi   *Mi*   *2Mi*

145

trego yo.
^{Mi}

    En los versos del cantar, hay uno que a mí me gusta; es de tontos que se asustan, con su sombra al caminar, si hay alguno en la humedad, si hay alguno que le duela; que le dé su desconsuelo, o su consuelo de verdad.

    Zopilotes al volar, presumido gavilán las palomas de San Juan lo pueden...etc...

S. Esperón y Urdimalas

MARIA ELENA

(Canción Vals en "La")

Vengo a cantarte mujer, mi más bonita
La   Re   La 2La
canción; porque eres tú mi querer, dueña de mi corazón;
La   Re   La 2La   La
no me abandones mi bien, pues eres tú mi querer.
2Fa   Fa#- 2Mi   2La

    Tuyo es mi corazón, ¡Oh, sol!, de mi querer;
               La   2La
mujer de mi ilusión, mi amor te consagré, mi vida la
Si-   2La   La   2La
embellece una esperanza azul; mi vida tiene un cie-
La   Do#- Si-   2La
lo, que le diste tú.
La

    Tuyo es mi corazón, ¡Oh, sol!, de mi querer;
                    2La
tuyo es todo mi ser, tuyo es mujer; ya todo el cora-
Si-   2Fa#   Fa#-   Re
zón te lo entregué, tú eres mi fe, tú eres mi Dios,
Re-   La   Si-   2La
tú eres mi amor.
La

Lorenzo Barcelata

NUNCA, NUNCA, NUNCA

(Canción Danza en "Re")

Nunca, nunca, nunca pensé que me amaras;
Re
cómo iba a pensarlo, tan pobre que soy, cómo iba
2Re
a pensarlo, si eres tan bonita; y eres tan hermosa,
si eres tan gentil.

Re
Sufrí mucho tiempo, lloré muchas veces;
la vida inclemente, todo me negó, nunca me mi-
2Sol   Sol
raste como ahora me miras; bendito sea el cie-
Sol-   Re   2Re
lo, que al fin me escuchó.

Re
Nunca, nunca, nunca, pensé que tus labios,
me hicieran caricias, que tanto anhelé; cómo iba
2Re
a pensarlo, si siempre que hablabas, caían en mi
vida gotitas de hiel.

Re
Las dichas ajenas fueron los testigos,

de todas las penas que pasé por ti; nunca me

                             2Sol   Sol

besaste como ahora me besas, bendito sea el cielo

 Sol-   Re   2Re

que al fin me escuchó.

             Re

     Yo ya no me acuerdo ni quiero acordarme,

                2Re   Re

de tantas tristezas y tanto dolor; tu amor y mi di-

          2Re   Re   2Re

cha dueña de mi vida, han hecho que olvide lo que

         Re   2Re

yo sufrí.

   Re

     Nunca, nunca, nunca, creí merecerte, y

ahora que eres mía, ya no sé qué hacer; y por-

              2Sol   Sol

que eres buena y porque eres bonita, te entrego

        Sol-   Re

los restos, del que fue mi amor.

  2Re   Re

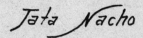

Tata Nacho

NO HAY DERECHO

(Canción Ranchera en "Do")

Yo no sé lo que me has dado, yo no sé lo que
Do   2Do   Fa   2Do
me has hecho; sólo sé que no hay derecho, al no de-
Do   2Do
jarme vivir, tus ojos se me han quedado, clavados aquí
Do   2Do   Fa   2Do
en el pecho; mi corazón, ¡ No hay derecho!; dice tu nom-
Do   2Do
bre al latir.

       Do
A veces el sol de invierno, nos quema con su
Fa   Fa-
calor; a veces es un infierno, la llama de nuestro amor.
Do   2Do   Do
Tú no quisiste quererme, no quieres y no te
2Do   Fa   2Do
obligo; el tiempo que es buen amigo, me dirá por
Do   2Do
qué razón.

       Do
Tardé para convencerme, que la dicha no se
2Do   Fa   2Do
logra; que el corazón no se manda, ni hay santo sin
Do   2Do
devoción.
Do

Le pido a Diosito calma, pa'dedicarme
a olvidar; si ya me robaste el alma, qué más me
puedes quitar.

Fa
Fa-
Do
2Do
Do 2Do Do

Chucho Monge

NO VOLVERÉ

(Canción Ranchera "Vals" en "Fa")

Cuando lejos me encuentre de ti, cuando
    Fa
quieras que esté yo contigo; no hallarás un recuer-
      2Fa   *La#*   *2Fa*
do de mí, ni tendrás más amores conmigo.
 Fa   *2Fa*   *Fa*

Yo te juro que no volveré, aunque me haga
                      2La#
pedazos la vida; si una vez con locura te amé, ya
    La#   *Fa*
de mi alma estarás despedida.
 2Fa   *Fa*

No volveré, te lo juro por Dios que nos mí-
  La#   *Fa*
ra, te lo digo llorando de rabia, ¡No Volveré!; no pa-
         2Fa   *Fa* *La#*
raré, hasta ver que mi llanto ha formado, un arroyo
                Fa
de olvido anegado, donde yo tu recuerdo ahogaré.
    2Fa   *Fa*

Fuimos nubes que el viento apartó, somos
piedras que siempre chocamos; gotas de agua que
                  2Fa   *La#*
el sol resecó, borracheras que no terminaron.
 2Fa   *Fa*   *2Fa*   *Fa*

En el tren de la ausencia me voy, mi
boleto no tiene regreso; lo que tengas de mí te
   2La#   *La#*
lo doy, pero yo te devuelvo tus besos.
  Fa   *2Fa*   *Fa*
      No volveré, te lo digo por...etc...
      La#

Manuel Esperón y
Ernesto Cortázar

PENJAMO

(Ranchera Vals en "Si")

Ya vamos llegando a Pénjamo, ya brillan
Si ... *2Si* ... *Mi*
allá sus cúpulas; de Corralejo parece un espejo mi
Si
lindo Pénjamo, sus torres cuatas, son dos alcayatas,
2Si ... *Mi* ... *2Si*
prendidas al sol.
Si

Su gran variedad de pájaros, que silban de
2Si ... *Mi*
puro júbilo; y ese paseo de Churipitzeo que hay en
Si
Pénjamo, es un suspiro que allá en Guanguitiro se
2Si ... *Mi* ... *2Si*
vuelve canción.
Si

Que yo parecía de Pénjamo, me dijo una de
2Si ... *Mi*
Cuerámaro; voy, voy, pos ora;... pos mire señora,
Si
que soy de Pénjamo, lo habrá notado por lo atrave-
2Si ... *Mi*
sado que somos allá.
2Si ... *Si*
Al cabo por todo México, hay muchos que
2Si ... *Mi*

154

son de Pénjamo; si una muchacha te mira y se
Si
agacha es que es de Pénjamo, o si te mira y luego
2Si   Mi
suspira también es de allá.
2Si   Si

    Si un hombre por una pérfida, se mata con
                    2Si   Mi
otro prójimo; si es decidido y muy atrevido es que es
Si
de Pénjamo, si a quemarropa te invita la copa ya ni
2Si   Mi   2Si
qué dudar.
Si

    Si quieres venir a Pénjamo, mi tierra feliz y
                 2Si   Mi
cálida; dame un besito que sientas bonito y allí está
Si
Pénjamo, con sus rincones y alegres canciones que te
2Si   Mi   2Si
hablan de amor.
Si

    Que me sirvan las otras por Pénjamo, soy de
                         2Si
Pénjamo, voy a Pénjamo; que me sirvan las otras por
Si
Pénjamo, por mi Pénjamo voy a brindar.
2Si   Si 2Si Si

R. Fuentes y
    R. Méndez   155

POR UN AMOR

(Ranchera Danza en " Fa ")

Por un amor, me desvelo y vivo apasio-
Fa
nado tengo un amor; que en mi vida dejó para
2Fa
siempre amargo dolor, pobre de mí, esta vida me-
Fa   *2La#*
jor que se acabe no es para mí; pobre de mí...
La#   *La#-*   *Fa*
¡Ay, corazón!... pobre de mí... ¡No sufras más!
2Fa
cuánto sufre mi pecho que late tan sólo por ti.
Fa
Por un amor, he llorado gotitas de san-

gre del corazón; me ha dejado con el alma he-
2Fa
rida sin compasión, pobre de mí, esta vida me-
Fa   *2La#*
jor que se acabe no es... etc...
La#

Gilberto Parra

PALOMA QUERIDA

(Ranchera en "Sol")

Por el día que llegaste a mi vida, paloma
Sol   2Sol
querida me puse a brindar; y al sentirme un poqui-
Do   2Sol   Sol
to tomado, pensando en tus labios me dio por cantar.
2Sol   Sol

Me sentí superior a cualquiera, y un puño de
                              2Sol
estrellas te quise bajar; y al mirar que ninguna al-
Do   2Sol   Sol
canzaba, me dio tanta rabia que quise llorar.
2Sol   Sol

Yo no sé lo que valga mi vida, pero yo te la
          2Re   Re   2Re
vengo a entregar; yo no sé si tu amor la reciba, pero
          Re 2Sol   Sol
yo te la vengo a dejar.
2Sol   Sol

Me encontraste en un negro camino, como
                              2Sol
un peregrino sin rumbo y sin fe; y la luz de tus ojos
        Do   2Sol   Sol
divinos, cambiaron mis penas por dicha y placer.
2Sol   Sol

Desde entonces yo siento quererte, con to-
                              2Sol

das las fuerzas que mi alma me da; desde enton-
                                         Sol
ces paloma querida, mi pecho he cambiado por un
                   2Sol
palomar.
       Sol
            Yo no sé lo que valga mi vida, pero yo
              2Re   Re   2Re
te la vengo a entregar; yo no sé si tu amor la re-
                              Re   2Sol
ciba, pero yo te la vengo a dejar.
 Sol   2Sol   Sol 2Sol Sol

            José Alfredo Jiménez

POR QUE VOLVISTE

(Ranchera Fox en "Do")

Por qué volviste a mí, siendo tan grande el mundo; habiendo tantos hombres, por qué volviste a mí, después de aquel ayer, que tú lo maldeciste; y luego lo destruiste, por qué quieres volver.
Do
2Do
Do

En mí ya no hay amor, en mi alma ya no hay nada; mi vida aventurera, contigo se acabó.
2Fa
Fa

Por qué volviste ayer, buscando compasión; sabiendo que en la vida, ya estoy entre los brazos de mi única ilusión.
Do
2Do
Do

José Alfredo Jiménez

PUÑALADA TRAPERA

(Canción Ranchera en "Re")

Me estoy muriendo y tú como si nada, co-
Re
mo si al verme te alegraras de mi suerte; ¿qué mal
2Re   *Re*
te hice que no supiste perdonarlo?, ¿qué mal te hice
2Re
que me pagas con la muerte?
Sol   *2Re*

Me estoy muriendo por tu culpa, por tu cul-
Re
pa; tú me engañabas, con tu labia traicionera, la pu-
2Re   *Re*
ñalada que me diste fue trapera; de esa se salva
2Re
quien no tiene corazón, ¡qué mala forma de pegar-
Sol   *2Re*   *Re*   *2Re*
le a un corazón!
Re   *2Re*
            Re 2Re Re

Tomás Méndez

POR SI ME OLVIDAS

(Canción Ranchera en "Sol")

Cuando llegue el momento, de decirnos adiós;
Sol
no hagas caso de nada, no te fijes en mi alma y aban-
Do   2Sol   2Sol
dona mi amor, cuando pienses en otro, sin que pien-
Sol
ses en mí; no te importe mi suerte, ya es la ley de
2Sol   Do   2Sol
la vida adorar pa'sufrir.

Sol
Ya me diste cariño, ya me diste ternura, ya
2Do
me hiciste feliz; ya después de tus besos, y de tan-
Do   2Re
tas caricias, qué me importa morir.

2Sol
Cuando llegue el momento, de decirnos adiós;
Sol   2Sol
no hagas caso del alma, no te fijes en nada y aban-
Do   2Sol
dona mi amor.
Sol

José Alfredo Jiménez

POBRE CORAZON

(Ranchera en "Do")

Corazón tú dirás lo que hacemos, lo que re-
Do *2Do* *Do* *2Do*
solvemos; nomás quiero que marques el paso, que
Do
no le hagas caso, si la ves llorar, que no te oiga
2Do *Fa*
que lates tan fuerte, no sea que con suerte; vaya
2Do
a creer que le andamos rogando, que andamos buscando volver a empezar.
Do
Esos ojos en los que te miras, te han di-
2Do *Do* *2Do*
cho mentiras; esos labios que tanto has besado, y en
Do
los que has probado sabor de traición, hace tiempo
2Do *Fa*
que te envenenaron, y se marchitaron; no hagas ca-
2Do
so de lo que te digan, aunque te bendigan, ¡ Pobre
corazón!
Do
¡Ay! ¡Corazón!, más vale así; nomás
Fa *2Do*

162

no te sobresaltes, que si me fallas pos ya perdí.
  Do   2Do   Do
    Corazón mas si acaso no puedes, y caes en
              2Do   Do   2Do
sus redes, te aconsejo que tengas paciencia será
  Do
tu sentencia sufrir y callar mas como la pacien-
                             2Do   Fa
cia se acaba prepara una daga por si acaso el
       2Do
destino te falla y te pinta una raya que no has
de brincar.
       Do
    ¡Ay! ¡ Corazón!, más vale...etc...
    Fa   2Do

          Chucho Monge

PARA MORIR IGUALES

(Canción Ranchera en "Do")

Olvídate de todo menos de mí, y vete a don-

Do   2Do   Do

de quieras pero llévame en ti; que al fin de tu cami-

                              2Do

no comprenderás tus males, sabiendo que nacimos para

                    Fa   2Do

morir iguales.

        Do

Olvídate de todo menos de mí, porque ni tú

                        2Do   Do

ni nadie, arrancarán de tu alma, los besos que te di; los

                          2Fa   Fa

besos, las caricias y tantas otras cosas, que presenció

            Fa-   Do

la noche que te entregaste a mí.

  2Do   Do

El tiempo seguirá su marcha interminable,

            2Do   Do

quién sabe a dónde vayas, quién sabe a dónde acabes;

                    2Do   Do

y yo te buscaré por cielos y por mares, rompiendo mi

          2Do   Do

destino, para morir iguales.

  2Do   Do

José Alfredo Jiménez

¿ POR QUE ?

(Canción Ranchera Vals en " Mi")

De la sierra morena yo vengo, de la sierra bus-
Mi-   2Mi   Mi-
cando un amor; es morena la chata preciosa que vengo
                                    Sol
buscando, que se me huyó.
Do   2Mi
        Y cansado de andarla buscando, ya perdió la
        Mi-   2Mi   Mi-
esperanza mi amor; y cansada estará ya la ingrata,
                                            Sol
la ingrata fortuna que me abandonó.
        Do   2Mi
        A la virgen le pido que vuelva, y no encuen-
        La-   2Mi   La-
tre cariño mejor; y le digo: ¿Por qué me la diste? y
                    2Mi
le digo: ¿Por qué olvidó?
La-   2Mi
        ¿Por qué?, no quieres, mirar las noches de
        Mi
luna; junto a mí, ¿por qué?, no quieres, que en la
        2Mi   Fa#-   2Mi
fuente limpia y clara; yo me mire, junto a ti.
                                    Mi
        ¿Por qué?, no quieres, que mis ojos y tus

165

ojos; se enamoren entre sí, ¿Por qué?, te olvi-

2La La La- Mi

das, que a la virgen le juraste; que sólo eras pa-

2Si 2Mi

ra mí.

Mi

Jorge del Moral

QUE PUNTADA

(Canción Ranchera Fox en "Sol")

Para qué me sirve el vino, si no logro aborre-
Sol
certe; todo se me va en quererte, qué maldito es mi
2Sol Do   2Sol
destino, la puntada que tuviste, te ha de arder toda la
Sol
vida; porque llevo aquí una herida, que alevosamente
2Sol Do   2Sol
abriste.
Sol

Qué puntada te alcanzaste pérfida mujer, nunca
                                   2Sol
te creí capaz cambiar de parecer; qué puntada te alcan-
                          Sol
zaste pérfida mujer, al dejar abandonado todo mi que-
                     2Sol
rer.
Sol

Eres linda, eres bonita, lástima que seas tan

loca; eres como las campanas, todos llegan y te tocan,
2Sol Do   2Sol   Sol
hoy que estoy entristecido, hoy que estoy bocabaji-
                                      2Sol
ado; sólo estoy arrepentido, de no haberte madrugado.
Do   2Sol   Sol

Qué puntada te alcanzaste... etc...

   Para mí la pulpa es pecho, y espinazo la

cadera; si se larga con cualquiera, que les haga buen
    2Sol Do   2Sol
provecho, ten en cuenta bien de mi alma, que hay
    Sol
un dicho muy certero; toda mula descarriada,
              2Sol Do   2Sol
vuelve al fin al bebedero.
              Sol
   Qué puntada te alcanzaste... etc...

              Antonio Escobar

QUE BONITA ES LA VENGANZA

(Ranchera Vals en "Re")

No vengo a pedirte amores, ya no quiero tu
Re
cariño; si una vez te amé en la vida, no lo vuelvas a

decir, me contaron tus amigos, que te encuentras muy
2Re
solita; que maldices a tu suerte, porque piensas mu-

cho en mí.
Re
Es por eso que he venido, a reírme de tu pe-

na; yo que a Dios le había pedido, que te hundiera más
2Sol
que a mí, Dios me ha dado ese capricho, y he venido
Sol   Sol-   Re
a verte hundida; para hacerte yo en la vida, lo que tú
2La   2Re
me hiciste a mí.
Re
Ya lo ves cómo el destino, todo cobra y na-
2Re
da olvida; ya lo ves cómo un cariño, nos arrastra y
Re   2Re
nos humilla.
Re

Qué bonita es la venganza, cuando Dios
nos la concede; ya sabía que en la revancha, te
2Sol
tenía que hacer perder.
Sol
Ahí te dejo mi desprecio, yo que tanto
Sol   Re
te adoraba; pa' que veas cuál es el precio, de las
2La   2Re
leyes del querer.
Re

José Alfredo Jiménez

¡QUE BONITO AMOR!

(Ranchera Vals en "Fa")

¡Qué bonito amor!, qué bonito cielo,
Fa
qué bonita luna, qué bonito sol; ¡qué bonito
2Fa
amor, yo lo quiero mucho, porque siente todo lo
que siento yo.
Fa

Ven juntito a mí, quiero que tus ma-
nos, me hagan mil caricias, quiero estar en ti; da-
2La# La#
me más amor, pero más y más, quiero que me
La#- Fa
beses, como tú me besas y después te vas.
2Do 2Fa Fa

Yo comprendo que mi alma en la vida,
2Fa
no tiene derecho de quererte tanto; pero siento
Fa 2Fa
que mi alma me grita, me pide cariño y nomás
no me aguanto.
Fa

¡Qué bonito amor!, qué bonito cielo,

171

qué bonita luna, qué bonito sol; si algo en mí
     2la#   La#
cambió, te lo debo a ti; porque aquel cariño,
  La#-   Fa   2Do
que quisieron tantos, me lo diste a mí.
        2Fa   Fa
     ¡Qué bonito amor!
        2Fa   Fa   2Fa Fa

José Alfredo Jiménez

QUE PADRE ES LA VIDA

(Huapango en "Do")

La vida a mí no me quiere, la vida a mí me
desprecia, la vida me está matando, me está matando la vida; fui sol que brilló en el cielo, y el
cielo me pertenece, nomás que por culpa tuya, el
cielo mío se me obscurece.

Caramba pero, ¡Ay! caramba, ¡Ay! qué caramba es la vida; nos trata como muñecos, pero ¡Ay!
qué padre es la vida.

Si estoy dormido te sueño, y en mi sue-
ño te deseo, despierto y te sueño lejos, por qué no
vienes cuando te espero; yo quiero vivir mi vida,
siquiera mientras me dura, amando y siempre cantando, aún en medio de mi amargura.

173

Caramba pero ¡Ay! caramba...etc...
Fa
Si yo no tuviera vida, si vida tú no tuvie-
Do   2Do
ras, qué triste sería la vida, sin nuestras vidas ni
Fa   Do   2Do
vida fuera; yo soy como las tortugas, que traen
Do
su concha de acero, al tiempo le doy su tiempo,
2Do   Fa   Do
si rueda el mundo nomás lo veo.
2Do   Do
Caramba pero ¡Ay! caramba...etc...
Fa

Hermanos Zaizar

174

ROGACIANO

(Huapango en "Re")

La Huasteca está de luto, se murió su hua-
  Re-   *2Re-*
panguero; ya no se oye aquel falsete, que era el alma
  Re-   *2Re-*   *Re-*   *2Re-*
del trovero, Rogaciano se llamaba, Rogaciano el hua-
  Re-   *2Re-*
panguero; y eran sones de la sierra, las canciones
  Re-   *Sol-*   *Re-*   *2Re-*
del trovero.
  Re-

La azucena y la Cecilia, lloran, lloran sin consue-
    2Fa   *Fa*   *2Fa*   *Fa*
lo; malagueña salerosa, ya se fue, su pregonero.
 2Re-   *Re-*

El cañal está en su punto, hoy comienza la mo-
            2Re-
lienda; el trapiche está de duelo, y suspira en cada vuel-
 Re-   *Sol-*   *Re-* *2Re-*   *Re-*
ta, por los verdes cafetales, más allá de aquel potrero;
         2Re-   *Re-*
hay quien dice que de noche, se aparece el huapangue-
  Sol-   *Re-*   *2Re*   *Re-*
ro.

La azucena y la Cecilia... etc...
  2Fa   *Fa*

RUEGA POR NOSOTROS

(Huapango en "La")

¡Señor!, ¡eterno Dios!, ante tu altar hoy vengo suplicante; a rogar por el alma de mi amada,
que la muerte tan cruel me arrebatara.

Yo sé que tu poder es infinito, que eres
igual con pobres y con ricos; es por eso que en ti
busco el consuelo, para mi corazón que está marchito.

Si estoy despierto la miro, si estoy dormido la sueño; y por donde quiera que ando, su recuerdo va conmigo.

Llorando paso las noches, paso las noches
llorando; para mí el sol ya no brilla, entre sombras
voy vagando.

¡Señor! ¡Eterno Dios!, ante tu altar estoy

aquí de hinojos, ella se fue; y yo quiero morir-
Sol Re7 Sol7 Do
me, ¡perdóname Señor! y ¡Ruega por nosotros!
Sol La-
Si estoy despierto la miro, si...etc...
Sol7

R. Fuentes y
A. Cervantes

RANCHO ALEGRE

(Ranchera en "Mi")

Soy del mero rancho alegre, un ranchero de
Mi   *La*   *2Mi*
verdad; que trabaja de labriego, mayordomo, y caporal;
Mi   *2Mi*   *Mi*
mi querencia es este rancho, donde vivo tan feliz; es-
        La   *2Mi*   *Mi*
condido entre montañas, de color azul añil.
2La   *La*   *2Mi*   *Mi*

        Rancho alegre, mi nidito, mi nidito perfuma-
        La   *Mi*   *2Mi*
do de jazmín; donde guardo, mi amorcito, que tiene
     Mi   *La*   *Mi*
ojos de lucero y capulín.
2Mi   *Mi*

        En mi rancho tengo todo, animales, agua y sol;
                    La   *2Mi*   *Mi*
y una tierra prieta y buena, que trabajo con ardor;
           2Mi   *Mi*
cuando acabo, mis labores, ya que se ha metido el sol;
          La   *2Mi*   *Mi*
a la luz de las estrellas, me arrejunto con mi amor.
2La   *La*   *2Mi*   *Mi*

        Rancho alegre, mi nidito, mi...etc...
        La   *Mi*
        Sólo falta allí una cosa, que muy pronto ya
                 La   *2Mi*

tendré; como estoy recién casado, adivínenme lo
Mi *2La* *La* *2Mi*
que es, ha de ser un chilpayate, grande y fuerte
Mi *La* *2Mi*
a no dudar; que será también labriego, mayordomo
Mi *2La* *La* *2Mi*
y caporal.
Mi

    Rancho alegre, mi nidito, mi ...etc...
     La *Mi*

Felipe Bermejo

SI TU TAMBIEN TE VAS

(Ranchera Fox en "Mi")

Te voy a dedicar esta canción, pa'ver si me
Mi
devuelves tu cariño; ya vengo de rezar una oración,
2Mi
pa'ver si se compone mi destino.

Mi
Acuérdate que siempre te adoré, no dejes que
2La
me pierda en mi pobreza; ya todo lo que tuve se me
La   *La-*
fue, si tú también te vas, me lleva la tristeza, no
Mi   *2Mi*   *Mi*
dejes que me muera por favor si tienes corazón
La   *Mi*   *2Mi*
enséñalo y regresa.
Mi
Canta, canta, canta, que tu dicha es tanta;
La   *Mi*   *2Mi*
que hasta Dios te adora, canta, canta, canta palomi-
Mi   *La*   *Mi*
ta blanca, mientras mi alma llora.
2Mi   *Mi*
Si quieres que me arranque el corazón, y pon-
ga junto a ti mis sentimientos; espera a que ter-
2Mi

180

mine mi canción, tú sabes que yo cumplo un ju-
ramento.

    Mi

        Acuérdate que siempre te adoré, no de-

                                      2La

jes que me pierda en mi pobreza; ya todo lo que

                        La

tuve se me fue, si tú también te vas me lleva

La-   *Mi*   *2Mi*

la tristeza, no dejes que se muera el corazón si

     Mi   *La*   *Mi*

no me quieres ya me lleva la...tristeza.

      2Mi   *Mi* *2Mi Mi*

José Alfredo Jiménez

SIETE LEGUAS

(Ranchera en "Fa")

Siete leguas el caballo que Villa más es-
Fa   *2Fa*
timaba, cuando oía silbar los trenes; se paraba y re-
Fa   *La#*   *2Fa*   *La#*
linchaba, siete leguas el caballo, que Villa más es-
2Fa   *Fa*   *2Fa*
timaba.
Fa

En la estación de Irapuato, cantaban los
                                    2Fa
horizontes, allí combatió formal; la brigada Braca-
Fa   *La#*   *2Fa* *La#*
montes, en la estación de Irapuato, cantaban los ho-
2Fa   *Fa*   *2Fa*
rizontes.
Fa

Oye tú Francisco Villa, ¿qué dice tu cora-
                                    2Fa
zón?; ¿ya no te acuerdas valiente?, que atacaste Pa-
Fa *La#*   *2Fa*   *La#*
redón; ya no te acuerdas valiente, que tomaste a To-
2Fa   *Fa*   *2Fa*
rreón.
Fa

Como a las tres de la tarde silbó la lo-
                                    2Fa

comotora, arriba arriba muchachos; pongan la ame-
Fa   *La#*   *2Fa*   *La#*

tralladora, como a las tres de la tarde, silbó la lo-
2Fa   *Fa*   *2Fa*

comotora.
Fa

       Adiós torres de Chihuahua, adiós to-
                                     2Fa

rres de cantera; ya vino Francisco Villa, a quitar-
         Fa   *La#*   *2Fa*   *La#*

les lo pantera; ya vino Francisco Villa, a devolver
     2Fa   *Fa*   *2Fa*

la frontera.
Fa

            Graciela Olmos

SERENATA HUASTECA

(Huapango en "Sol")

Canto al pie de tu ventana, pa'que sepas

Sol — *2Sol*

que te quiero; tú a mí no me quieres nada, pero yo

Sol — *2Sol*

por ti me muero, dicen que ando muy errado, que

Sol — *2Do* — *Do* — *2Do*

despierte de mi sueño; pero se han equivocado, por-

Do — *2Sol* — *Sol*

que yo he de ser tu dueño.

2Sol — *Sol*

Qué voy hacer, si deveras te quiero; ya te ado-

2Sol — *Sol* — *2Sol*

ré, y olvidarte no puedo.

Sol

Dicen que pa'conseguirte, necesito una fortu-

2Sol — *Sol*

na; que debo bajar del cielo, las estrellas y la luna,

2Sol — *Sol*

yo no bajaré la luna, ni las estrellas tampoco y aunque

2Do — *Do* — *2Do* — *Do*

no tengo fortuna me querrás poquito a poco.

2Sol — *Sol* — *2Sol* — *Sol*

Qué voy hacer, si deveras te...etc...

2Sol

Yo sé que hay muchas mujeres, y que so-

Sol — *2Sol*

184

bra quien me quiera; pero ninguna me importa, sólo
        Sol
pienso en ti morena, mi corazón te ha escogido, y
                                              2Sol
llorar no quiero verlo; ya el pobre mucho ha su-
        Sol   *2Do*   *Do*
frido, ahora tienes que quererlo.
  2Do   *Do*   *2Sol*
                 Qué voy hacer, si deveras te...etc...
Sol   *2Sol*   *Sol*
                         2Sol

José Alfredo Jiménez

SERENATA SIN LUNA

(Canción Ranchera en "Sol")

No hace falta que salga la luna, pa'venirte a
Sol   2Sol   Sol
cantar mi canción; ni hace falta que el cielo esté lindo,
        2Sol   Do   2Sol
pa'venir a entregarte mi amor.
                          Sol

No encontré las palabras precisas, pa'decir-
                                          2Do
te con mucha pasión; que te quiero con toda mi vida, que
        Do   Do-   Sol
soy un esclavo de tu corazón.
        2Sol   Sol

Sólo Dios que me vio en mi amargura, supo
        2Sol   Sol
darle consuelo a mi amor; y mandó para mí tu ternu-
2Sol   Sol   Do   Sol
ra y así con tus besos, borró mi dolor.
    2Re   2Sol   Sol
No te importe que venga borracho, a de-
                        2Sol   Sol
cirte cositas de amor; tú bien sabes que si ando to-
                    2Sol   Do
mando, cada copa la brindo en tu honor.
2Sol   Sol
Ya no puedo decir lo que siento, sólo sé
                                    2Do

que te quiero un montón; y que a veces me siento poeta y vengo a cantarte mis versos de amor.
       Sólo Dios que me vio en mi amargura,
supo enviarle consuelo a mi amor; y mandó
para mí tu ternura, y así con tus besos, calmó
mi dolor.

José Alfredo Jiménez

SE ME HIZO FÁCIL

(Canción Ranchera en "La")

Se me hizo fácil, borrar de mi memoria, a
esa mujer, a quien yo amaba tanto; se me hizo fácil, secar de mí ese llanto, y ahora la quiero, cada día más y más.

La abandoné, porque me fue preciso, así
abandono, a la mujer que a mí me ofenda; voy
a buscar otro amor que me convenga, y la otra
la olvido, cada día más y más.

Agustín Lara

SERENATA TAPATIA

(Ranchera Vals en "Do")

Mujer abre tu ventana, para que escuches
Do
mi voz; te está cantando el que te ama, con el per-
2Do   Fa   2Do
miso de Dios.
         Do
Aunque la noche esté oscura, y aquí no hay
                                    2Fa
ninguna luz; con tu divina hermosura, la iluminas
       Fa 2Do   Do   2Do
toda tú.
   Do
Yo te juro que ni el sol, la luna, ni las es-
2Sol   Sol   2Sol
trellas; juntitas toditas ellas, la iluminan como tú.
Sol   2Do   Do   2Do   Do
Tú iluminaste mi vida, por eso mujer que-
    2Sol   Sol   2Sol
rida; te canto esta noche azul, por eso vengo a ro-
Sol   2Do   Do   2Do
barte, un rayito de tu luz.
Do   2Do   Do

Ernesto Cortázar y
Manuel Esperón

TÚ, SOLO TÚ

(Ranchera Vals en " Do ")

Mira cómo ando mujer por tu querer, me
Do   *2Do*   *Do*
traes hecho un desdichado sin fe y sin valor; mira
    2Do   *Re*
cómo ando mi bien, borracho y apasionado nomás por
   2Do   *Do*   *2Do*
tu amor.
Do

Tú, sólo tú, has llenado de luto mi vida,
  2Do   *Do*
abriendo una herida en mi corazón; tú, sólo tú, eres
      2Do
causa de todo mi llanto, de mi desencanto y desesperación.
Do

Sólo tú sombra fatal sombra del mal, me
    2Do   *Do*
sigue por donde quiera con obstinación; y por que-
    2Do   *Re*
rerte olvidar, me tiro a la borrachera y a la perdi-
  2Do   *Do*   *2Do*
ción.
Do

Tú, sólo tú, eres causa de mi senti-
   2Do   *Do*

190

miento, de todo el tormento que sufre mi ser;
tú, sólo tú, me has llevado por ese camino; qué
negro destino me vino a traer.

Felipe Valdez Leal

TRES DIAS

(Ranchera Vals en "Sol")

Tres días sin verte mujer, tres días llo-

Sol   *La- 2Sol*
rando tu amor; tres días que miro el amanecer,
       Sol   *2Sol*   *Sol*
nomás tres días te amé, y en tu mirar me perdí;
          La-   *2Sol*   *Sol*
y hace tres días que no sé de ti.
     2Sol   *Sol*
    Dónde, dónde estás, ¿con quién me enga-
                                            2Sol
ñas?; dónde, dónde estás, ¿que estás haciendo?;
     Do   *2Sol*   *Sol*
tres días que no sé qué es alimento, sólo toman-
               2Do   *Do*   *Sol*
do me he podido consolar.
     2Sol   *Sol*
    ¡Ay, ay, ay, ay, ay! ... ¡Ay, ay, ay,
                       2Sol
ay, ay! ... ¡Ay, ay, ay, ay, ay! ...tu amor me
   Sol   *Do*   *2Sol*
va a matar, ¡Ay, ...etc... yo que voy hacer, si
   Sol   *2Sol*   *Sol*
me niegas alma mía tu querer.
   Do   *2Sol*   *Sol*   *2Sol Sol*

Tomás Méndez

TRES CONSEJOS

(Huapango en "La")

Dices que me estoy muriendo, porque no te pue-
   2La   La   2La
do ver; ya te estás hasta creyendo, dueña ser de mi que-
 La   2La   La   2La
rer, más vale pájaro en mano, que ver un ciento volar;
La   Sol   Fa   Mi
no te hagas más ilusiones, primero me has de agarrar.
La   2La   La   2La   La.

En las cosas del cariño, nunca debes de confiar; y
    2La   La   2La   La
el querer o ser querido, no se debe demostrar, porque del
2La   La   2La   La
plato a la boca; a veces se cae la sopa, más vale ser des-
      Sol   Fa   Mi La   2La
confiado, y así nunca sufrirás.
 La   2La   La

Y aquel que no oye consejo, nunca a viejo llegará;
   2La   La   2La   La
si rasuran al vecino, pon tu barba a remojar, el amor es
2La   La   2La   La
muy bonito, no se le puede negar; dalo poquito a poqui-
    Sol   Fa   Mi La   2La   La
to, y nunca se acabará.
 2La   La

R. Fuentes y A. Cervantes

TU RECUERDO Y YO

(Ranchera Fox en "Do")

Estoy en el rincón de una cantina, oyendo
Do   2Do   Do
una canción que yo pedí; me están sirviendo ahorita
          2Do   Fa   2Do
mi tequila, ya va mi pensamiento rumbo a ti.
                                        Do

Yo sé que tu recuerdo es mi desgracia, y vengo
                          2Do   Do   2Fa
aquí nomás a recordar; qué amargas son las cosas
          Fa   Fa-
que nos pasan, cuando hay una mujer que paga mal.
      Do   2Sol   2Do   Do
Quién no sabe en esta vida, la traición tan cono-
                              2Do
cida que nos deja un mal amor; quién no llega a la can-
                              Do   2Do
tina, exigiendo su tequila y exigiendo su canción.
                                              Do

Me están sirviendo ya la del estribo, ahorita ya
                          2Do   Do   2Fa
no sé si tengo fe; ahorita solamente yo les pido, que
          Fa   Fa-   Do
toquen otra vez "La que se fue"
2Sol   2Do   Do

José Alfredo Jiménez

194

TU Y LAS NUBES

(Canción Ranchera en "Mi")

Ando volando bajo, mi amor está por los sue-

Mi
los; y tú tan alto, tan alto, mirando mi desconsuelo; sa-

La   *2Mi*   *Mi*
biendo que soy un hombre, que está muy lejos del cielo.

        2Mi   *Mi*
Ando volando bajo, nomás porque no me quie-

                                  2Mi
res; y estoy clavado contigo, teniendo tantos placeres;

      La   *2Mi*   *Mi*
me gusta seguir tus pasos, habiendo tantas mujeres.

        2Mi   *Mi*
Tú y las nubes me tienen loco, tú y las nubes

      La   *Mi*   *2Mi*
me van a matar; yo pa'arriba volteo muy poco, tú pa'

    Mi   *La*   *Mi*
abajo no sabes mirar.

2Mi   *Mi*
Yo no nací pa'pobre, me gusta todo lo bueno; y

                             2Mi
tú tendrás que quererme, o en la batalla me muero, pero

                La   *Mi*
esa boquita tuya; me habrá de decir: ¡Te quiero!

     2Mi   *Mi*
Árbol de la esperanza, que vive solo en el

campo; tú dices si no la olvido, o dime si no la
2Mi
aguanto; que al fin y al cabo mis ojos, se van a
   Mi   2Mi
llenar de llanto.
          Mi
       Tú y las nubes me tienen loco, tú y las
              La   Mi
nubes me van a matar; yo pa'arriba volteo muy
2Mi   Mi   La
poco tú pa'abajo no sabes mirar.
Mi   2Mi   Mi

           José Alfredo Jiménez

TEQUILA CON LIMON

(Vals y Huapango en "Do")

Traigo música en el alma, y un cantar aquí en
    Do   *Fa 2Do*
el pecho; un cantar que me desgarra, cuando lo hecho
 Do
con amor, lo aprendí por esos campos, con heridas de
  2Do   *Fa*   *2Do*
barbecho; con tajadas de machete, y vibrar de guitarrón.
 Do   *Fa*   *2Do*   *Do*
Lo aprendí por el palenque, apostando a un

gallo fino; y me siento suficiente, pa'cantarlo por aquí,
Fa 2Do Do   *2Do*
al orgullo de Jalisco, lo nombraron mi padrino; y no tie-
 Fa   *2Do*   *Do*
ne mas ahijados, porque ya me tiene a mí.
     Fa   *2Do*   *Do*
Sangre brava y colorada, retadora como filo
                         2Fa
de puñal; es la sangre de mi raza, soñadora y cancio-
 Fa *2Do*   *Do*   *2Do*
nera; sangre brava y peleonera, valentona y penden-
Do   *2Do*   *Do*
ciera, como penca de nopal.
Fa   *2Do*   *Do*
A las patas de un caballo, juego siempre

mi dinero; y si algunas veces fallo, me desquito en
Fa 2Do Do
un albur, traigo siempre a flor de boca, la tonada
2Do *Fa* *2Do*
que más quiero; para ver a quién le toca, y pa'echar-
Do *Fa 2Do*
la a su salud.
Do
Qué bonito y qué bonito, es llegar a un

merendero; y beber en un jarrito, un tequila con li-
Fa 2Do Do
món, y sentir hervir la sangre por todito el cuer-
2Do *Fa* *2Do*
po entero al gritar: ¡Viva Jalisco! con el alma y
Do *Fa* *2Do*
corazón.
Do
Sangre brava y colorada, retadora...etc...
2Fa

Manuel Esperón

198

TUYA ES MI SERENATA

(Canción Serenata en "Sol")

Espejismo de amor, languidez mi ansiedad;
Sol—   *Do—*
y en los hilos tan blancos, que tejen mis redes, te
                  Sol—   *2Sol*
quiero cantar, una dulce canción, que se extiende
       Sol—
en mi ser; como el ritmo del remo, que corta las
    Do—   *Sol—*
aguas, te canto mi bien.
2Re   *2Sol*   *Sol*

Para ti mi mejor serenata, en las noches ves-
                2Sol   *Do*
tidas de tul; sobre el lago pintado de plata, mis
2Sol   *Sol*   *2Sol*
ensueños se visten de azul.
                 Sol

Vuelvo al lago en mi frágil barquilla, pues
                         2Sol
tu ausencia me ha hecho llorar; ya verás que al
              Sol   *Do—*
volver a la orilla, volverá, nuestro amor a empe-
       Sol—   *2Re*   *2Sol*
zar.
Sol—

Joaquín Pardavé

TEHUANTEPEC

(Canción Ranchera Vals en " Mi ")

Trópico cálido y bello, Istmo de Tehuantepec;
Mi-　　2Mi　　　Mi-　La-　　　　　　Mi-
música de una marimba, maderas que cantan con voz
La-　　　　　　Mi-　　2Si　　2Mi
de mujer; música de una...etc... Tehuantepec, Te-
　　Mi-　La-　　　　　　　2Mi
huantepec, Tehuantepec, música de una...etc...
Mi-　　2Mi　　　La-

Tehuana la de la voz timbrada, Tehuana la de
　　Mi　　　　　　　　2Mi　　　Fa#- 2Mi
la piel tostada, te cubres con encajes, bordan tu traje
　　Mi
flores de seda, pareces una virgen que de un retablo
　　2Mi　Fa#-　　2Mi
se desprendiera.
　　Mi
Tehuana la del alma suriana, que bailas de la
　　　　　　　　2Mi
marimba al son; preciosa y rumbosa, virgen de mis
　　2Fa#　　　　　　Fa#- La-
amores, mujer de encajes, de seda y sol.
Mi　　　　　　2Si　　　2Mi　　Mi Do Mi

Pepe Guízar

TATA DIOS

(Canción Huapango en "Mi")

Ponme mi vestido blanco, aquél con que
Mi—   *2Mi*
nos casamos; el doctor por más que le ande, está
Mi—   *2Mi*
muy lejos nuestro rancho.
                    Mi—
Ya no gastes en remedios, ya mis fuerzas
            La—
van mermando; ponme mi vestido blanco, Tata Dios
Mi—   *2Mi*
me está llamando.
            Mi—
Todo se quedó en silencio, sólo Juan le di-
                    2Mi
jo a ella; vieras qué lindos jilotes, se están dando
Mi—   *2Mi*
en la ladera.
      Mi—
Pero no me importa nada, voy a regalar la
            La—
siembra; Tata Dios así lo quiere, y con Tata nadie jue-
Mi—   *2Mi*   *Mi—*
ga, Tata Dios, Tata Dios, Tata Dios; me está llaman-
            Sol   *2Mi*
do.
Mi—

Valeriano Trejo

UN MUNDO RARO

(Canción Ranchera en "Re")

Cuando te hablen de amor y de ilusiones, y te
Re   *2Re* *Re*
ofrezcan el sol y un cielo entero; si te acuerdas de mí no
                 2Re   *Sol*   *2Re*
me menciones, porque vas a sentir amor del bueno, y si
                            Re
quieren saber de tu pasado, es preciso decir una mentira;
  2Re   *Re*   *2Sol*   *Sol*
di, que vienes de allá de un mundo raro, que no sabes llo-
Sol-   *Re*
rar, que no entiendes de amor, y que nunca has amado.
2La   *2Re*   *Re*
Porque yo a donde voy hablaré de tu amor como
      2La
un sueño dorado y olvidando el rencor no diré que tu amor
   La   *2La*
me volvió desgraciado.
  2Re
Y si quieren saber de mi pasado, es preciso decir
   Re   *2Re* *Re*   *2Sol*
otra mentira; les diré que llegué de un mundo raro, que no
  Sol   *Sol-*
sé del dolor, que triunfé en el amor, y que nunca he
              Re
2La   *2Re-*   *2Re*
llorado.
Re

José Alfredo Jiménez

UN CLAVO A MI CRUZ

(Canción Ranchera en "Mi")

Le falta un clavo a mi cruz, pa'morir crucifi-
Mi   *2Mi*   *Mi*
cado; mis pobres ojos sin luz, no miran ya mi pasa-
2Mi   *Mi*
do, me bebí mi propia vida, en una copa mortal; y por
        2Mi   *Mi*   *2Mi*
una sola herida, se presentó lo fatal.

                              Mi
Aquí estoy crucificado, con tanta desilusión; só-
  La   *2Mi*   *Mi*
lo me hace falta un clavo, en mitad del corazón, cláva-
        2Mi   *Mi*
lo tú por favor, para que acabe mi pena; quiero morir-
2Mi   *Mi*   *2Mi*
me de amor, porque esa muerte es muy buena.

                       Mi
Aquí estoy crucificado, con ... etc...
  La

J. Luis Valderrábano

UN VIEJO AMOR

(Canción Danza en "Do")

Por unos ojazos negros, igual que pena de amo-
Do   *2Do*
res; hace tiempo tuve anhelos, alegrías y sinsabores, al
Fa   *2Do*
dejarlos algún día, me decían así llorando: no te olvi-
Do
des vida mía, de lo que hoy te estoy cantando.
2Re-   *Re-*   *2Do*

Un viejo amor, ni se olvida ni se deja; un vie-
Do   *2Do*   *Do*
jo amor, de nuestra alma si se aleja pero nunca dice
2Do   *Do*
adiós, "Un viejo amor."
2Do   *Do*   *2Do*

Ha pasado mucho tiempo, y otra vez aquellos
Do   *2Do*   *Do*

ojos; me miraron con desprecio, fríamente y sin eno-
2Do   *Fa*   *2Do*
jos, al notar aquel desprecio, de ojos que a mí me llo-
Do
raron; pregunté si con el tiempo, sus recuerdos olvida-
2Re-
Re-   *2Do*   *Do*   *2Do*
ron.
Do

Un viejo amor...etc...
2Do

Alfonso Esparza Oteo

VOY DE GALLO

(Canción Ranchera en "Fa")

Voy de gallo con dos cuates, diez maria-
Fa
chis y tequila; si supieras vida mía, cómo sufro en
2Fa
estos días, ya hizo un año que lloraba noche y día;
Fa   *2la#*   *la#*
ya hizo un año y, sin embargo, hoy te lloro toda-
la#-   *Fa*   *2Fa*
vía.
Fa

Hoy recuerdo esa pieza que era nuestra
preferida, toquen "Viva mi desgracia" que hoy me
2Fa
queda a la medida; buenas noches me despido no
Fa
hay reproches soy tu amigo hasta nunca que te ca-
2Fa
ses y que me eches al olvido.
Fa
Ya hizo un año, que me emborraché tres días;
2la#   *la#*
ya hizo un año y, sin embargo, me emborracho todavía.
la#-   *Fa*   *2Fa*   *Fa*

Ramiro Hernández

¡VOLVER!... ¡VOLVER!

(Canción Ranchera en "Do")

Este amor apasionado, anda muy alborotado,
Do
por volver; voy camino a la locura, y aunque todo
2Do   Fa   2Do   Fa
me tortura, quise a un querer.
2Do
Nos dejamos hace tiempo, pero me llegó
                              Do
el momento, de perder; tú tenías mucha razón,
          2Fa   Fa   2Do   Do
le hago caso al corazón, y me muero por volver.
              2Do   Re-   2Do   Do
Y volver, volver, volver; a tus brazos otra
                      2Do   Fa   2Do
vez, llegaré hasta dónde estés, yo sé perder, yo
Do   2Do   Fa
sé perder; quiero volver, volver, volver.
2Do   Fa   2Do   Do

Fernando Z. Maldonado

XOCHIMILCO

(Ranchera en "Sol")

Marchantita, veasté nomás la mañana
    Sol
qué bonita; cómo cantan, los clarines y cómo hay en
  2Sol
los jardines florecitas, pa'la reina, la reina de la
      Sol
creación y la belleza; tan bonita, tan discreta,
2Do   Do   La- 2Sol Sol
¡ay! qué bien le queda el nombre de violeta.
  2Sol   Sol
    Florecitas, cortadas en la mañana fresque-
citas; perfumadas, y por el rocío bañadas pobreci-
2Sol   Sol
tas, primavera, que llega en su trajinera engala-
                    2Do
nada; Xochimilco, Ixtapalapa, qué bonitas flore-
Do   La-   2Sol Sol   2Sol
citas mexicanas.
     Sol

Agustín Lara

Y O

(Ranchera en "Sol")

Ando borracho, ando tomando, porque el des-
Sol
tino cambió mi suerte; ya tu cariño, nada me impor-
2Sol
ta, mi corazón te olvidó pa'siempre.
Sol
    Fuiste en mi vida, un sentimiento, que des-

trozó toditita mi alma; quise matarme, por tu cariño,
2Sol
pero volví a recobrar la calma.
Sol
    Yo, yo que tanto lloré por tus besos; yo, yo
Do   2Sol   Sol   Do
que siempre te hablé sin mentiras, hoy, sólo puedo
2Sol   Sol
brindarte desprecios; yo, yo que tanto te quise en la
2Sol
vida.
Sol
    Una gitana leyó en mi mano, que con el tiem-

po me adorarías; esa gitana ha adivinado, pero tu vi-
2Sol
da ya no es la mía.
Sol

208

Hoy mi destino lleva otro rumbo, mi
corazón se quedó muy lejos; si ahora me quieres, si ahora me extrañas, yo te abandono pa'estar parejos.

Yo, yo que tanto lloré por...etc...

José Alfredo Jiménez

YO TAMBIEN SOY MEXICANO

(Ranchera Vals y Huapango en "Sol")

Yo también soy mexicano, nací bajo el cie-
Sol
lo de Tenochtitlán; y bajo el amparo de los tres colo-
2Sol   Do   2Sol
res, verde, blanco y rojo y en medio el escudo de águi-
la real.
Sol

Soy purito mexicano, por si alguien lo duda lo voy a mostrar; allá van mi pistola y mi daga,
2Sol   Do   2Sol
que al fin y al cabo en pelo o en silla lo mismo me da.
Sol
Yo también soy mexicano, y orgulloso de ello

estoy; por eso es que grito altivo, ¡Viva México! se-
2Sol
ñor, los volcanes majestuosos, amparan mi gran ciu-
Sol   2Do
dad; son el símbolo glorioso, de mi linda tierra ideal.
Do   Do-   Sol   2Sol   Sol
Tierra azteca, tierra indiana, va mi canto

para ti; linda patria mexicana, tierra donde yo nací.
2Sol   Sol

Cuco Sánchez

210

ZACAZONAPAN

(Ranchera Fox en "La")

En el Estado de México nací, yo soy de Za-

La   2La
cazonapan, donde crecí; viendo la peña preñada, y

                                La
los reyes llenos de pino; la dura cuesta y el Fray-

  2Si   Si-   2Mi
le, cañaverales y los molinos, ¡Sí, señor!

                           2La
Llena de cumbres mi tierra es un tazón, pocas

  La   2La
casitas y un raro cerro pelón; y se escapan, de Za-

                    La   2La
cazonapan, cantares que atrapan al corazón, todos,

  La   2La   La
todos tomemos que brindaremos por Zacazonapan;

  2La   La
y por el Estado de México.

              2La   La
Valle de Bravo muy chico yo conocí, ora tie-

ne una laguna, que antes no vi; luego pasé por Tolu-

                         2La

                    La
ca, que es del Estado la mera nuca; y sin entrar

             2Si   Si-
al Distrito, vine a Satélite y El Molinito, ¡Sí, se-

    2Mi   2La

ñor!

En Tlalnepantla se palpa un dineral, es con
La *2La*
Naucalpan la zona más industrial; y se escapan
La *2La*
de Zacazonapan cantares...etc...
La

México, patria y estado ¡sí señor!, ser mexi-
La *2La*
cano dos veces, es doble honor; todavía en hora tem-
La
prana, pinta Velázquez y escribe Sor Juana; y allá
2Si *Si-*
en Texcoco afamado, Netzahualcóyotl canta ins-
2Mi
pirado, ¡ Sí, señor!
2La

Y así rodeando al Distrito Federal, como
La *2La*
diadema lo luce la Capital; y se escapan,...etc...
La *2La*

Rubén Méndez

INDICE

Edición 2 000 ejemplares.
Diciembre de 1989
Tecnoimpresos Larc
Ahuehuetes No. 69